「初めまして、ジュリアン・ホロウェイです」
「どうぞよろしく、ホロウェイ子爵。私のことはミカエルと呼んでください」
屋根裏部屋の公爵夫人 5
Presented by もり
Illust. 甘塩コメコ
キャラクター原案: アオイ冬子

ミカエルの鉄道熱に
オパールも
タジタジ……!?
「フレッド鉄道って……タイセイ王国で二番目に長い運行路線を保有していて、今はシールド工法で鉄道トンネルを掘削しているんですよね!?」
「え、ええ……」
「すごい！　すごいですよ！」
「あ、ありがとう……？」

Characters

クロード・ルーセル

大学卒業後、内乱中のタイセイ王国に渡り、
現国王となったアレッサンドロのために
尽力していた。功績が称えられ、侯爵位に陞爵。
内乱が一段落した後はオパールと結婚したが、
内政安定のために日夜働いている。

オパール・ルーセル

ヒューバート・マクラウド公爵と結婚したが、
恋愛仲にはならず、オパールは負債だらけの
公爵領立て直しに力を注ぐ。
その後、ヒューバートとは離縁。
幼馴染みのクロードと結婚し、
女性の自立を支援する慈善団体を運営する。

イラスト：アオイ冬子

ヒューバート・マクラウド

幼い頃に両親を亡くし、甘やかされながら育ったため、オパールと結婚した当初は領地経営も上手くいかず、多額の負債を抱えていた。オパールに公爵領を奪われてからは心を入れ替え熱心に勉学に励み、今やソシーユ王国内でもかなり有能な貴族となっている。

アレッサンドロ

タイセイ王国の現国王。内乱中、自身が国王になる手助けをしてくれたクロードを重用している。

ジュリアン・ホロウェイ

オパールの兄で、クロードとも幼馴染。自由気ままに各地を飛び回り、様々な事件解決に一役買っている。

ナージャ

もとはホロウェイ伯爵領に仕える侍女だったが、オパールがタイセイ王国に渡る際に、オパールの専属侍女となる。素直で明るい。

Story

16歳の社交デビューで醜聞が広まってしまい、
まともな結婚をあきらめていたオパールだったが、
マクラウド公爵と政略結婚をさせられてしまう。
嫁ぎ先の者たちから不当な扱いを受けながらも、
彼女はそれを撥ねのけ、荒れ果てた公爵領を
奪い取り、立て直しのために動き出すのだった。

一方、公爵領をオパールから買い戻すため
経営を学び直したヒューバートは、
ソシーユ王国の未開発地——
マンテストに多額の投資をする。
当初は無謀な投資と思われたが、
タイセイ王国の有力貴族・ルーセル侯爵が
土地開発に助力したおかげで、
多くの富を築くことに成功した。

公爵領を返却すると同時に、
オパールはヒューバートと離縁。
その後、マンテスト開発に助力してくれた
ルーセル侯爵の正体が、オパールの幼馴染みであり、
ずっと恋心を抱いていたクロードだと知らされる。
その後、両思いだった2人は結ばれ、
共にタイセイ王国に渡った。

タイセイ王国でボッツェリ公爵に陞爵した
クロードの妻として生活を始めたオパールは、
国王のアレッサンドロから姪を教育してほしいと
依頼を受ける。姪のエリーゼは、ルメオン公国の
次期大公という身分を持ちながら、我が儘公女と名高い
問題児だった。しかしエリーゼは、オパールとの
生活を通し、国を背負う覚悟を決めたのだった。

イラスト：アオイ冬子

屋根裏部屋の公爵夫人

5

Presented by もり

Illust. 甘塩コメコ
キャラクター原案: アオイ冬子

The duchess in the attic

キャラクター原案
アオイ冬子

口絵・本文イラスト
甘塩コメコ

装丁
AFTERGLOW

The duchess in the attic

contents

屋根裏部屋の公爵夫人 5 ── 005
あとがき ── 302

0　屋根裏部屋の公爵夫人

「わあー！　すごい！」

メイリは屋根裏部屋の窓から見える景色に、感嘆の声を上げた。

その目は輝いており、一緒にいるオパールまで笑顔になる。

「すごいとおくまで見えるね！　まるで船の上みたい！」

「本当ね！」

オパールは母方の祖母から受け継いだ小さな領地にある屋敷の、ここから見える景色が子どもの頃から大好きだった。

だが、その発想はなかった。

子どものときに船に乗ったことがなかったからだろう。

とはいえ何度も船に乗っている今でも、メイリに言われなければそう感じることはなかったはずだ。

オパールは世界の広さを知ったが、自分の世界は狭くなっていることに気づいて苦笑した。

「ありがとう、メイリ」

「うん！　どういたしまして！　でも、何が？」

オパールがお礼を言えば、メイリは明るく答えたが、何のことかわからなかったようで首を傾げる。

その素直さがおかしくて、オパールは声を出して笑った。

「メイリと一緒にいると、とても楽しいの。新しい世界を知ることができるわ」

「あたらしい世界？」

「ええ。メイリはたくさん旅をしたから、世界が広いって知っているわね？」

「うん。すごくとおい」

子どもらしい表現で真剣に答えるメイリが可愛い。

オパールは少し考え、やはり訊《き》いておかなければと続けた。

「メイリは、前に住んでいたお家に帰りたい？」

「うーん……。ううん。ここがいい！　前のおうちはお父さんが死んじゃってから、お母さんたいへんだったの。でも、今は笑ってくれるから」

「そう……。メイリがここを気に入ってくれてよかったわ」

オパールは微笑んで答えたが、メイリが無理をしていないかこっそり観察した。

母親であるケイトがしきりにメイリに我慢させている、苦労させていると気にしていたからだ。

ケイトと夫は駆け落ちしてルメオン公国に渡ったものの、よい仕事がなく、鉱山の町へ向かったらしい。

しかし、二人はあまり町では馴染《なじ》めず、夫が鉱山事故で亡くなってからはいよいよ居場所がなくなり、ケイトはメイリを連れて町を出た。

とはいえ、国からも事故の補償はなく、たどり着いた港で仕事を得たものの無理がたたってケイトは体を壊し、祖国であるソシーユ王国に帰国したのだ。

(それなのに、ご両親もすでに亡くなっていたなんて……)

どんな状況でもメイリとともに生きていかなければならない。

世の中には子どもを――娘を売るという選択肢もある中で、ケイトは生きるために、女性が活躍できるという求人に飛びついたようだ。

わざわざ他国へまで求人を出すなど、怪しいと疑うべきなのだが、そんな余裕はなかったのだろう。

タイセイ王国のウィタル男爵夫人の運営する工場では、幼い子どもたちも過酷な労働を課せられていたらしい。

メイリのまだ治らない傷だらけの手を見て、オパールはぐっと息をのみ込んだ。

すべての人を助けることは無理でも、メイリたち母娘はすぐ傍にいたのだ。

帰国途中の船で同室になり仲良くなったときに、ケイトのプライドを傷つけるのではないかと変に気を回さず、素直に援助を申し出ればよかった。

ジュリアンにいつも「お前は甘い」と言われるが、まったくその通りである。

工場からメイリとともに助け出されたケイトに、祖母から受け継いだ屋敷での仕事を紹介したところ、喜び受け入れてくれたのだから。

オパールが悔やむ気持ちを堪えていると、メイリが逆に励ますようににっこり笑った。

「わたし、今はすごく幸せなの。お母さんはまた笑ってくれて、わたしはべんきょうさせてもらえるんだもの。ありがとう、オパール……さま」

どうやらメイリはオパールの表情の変化を見逃さなかったらしい。

それで気遣ってくれるのだから、本当に聡《さと》い子なのだ。

「メイリ、今は私と二人きりで、二人きりのこの世界ではメイリと私は友達なのよ。だから『オパール』って呼んでくれていいの」

「二人きりの……世界？」

「そうよ。さっき言ったように、世界は広いわ。その広い世界に、たくさんの人たちのそれぞれの世界があるの。メイリと私の二人きりの世界。メイリとケイトの二人きりの世界。そこでは、ケイトはメイリのお母さんなんだから、メイリはいっぱい甘えたほうがケイトも嬉《うれ》しいと思うわ」

「お母さんとわたしの世界？」

「ええ。メイリが頑張っているのをケイトも私もわかっているわ。他の人たちがいる前では、メイリはしっかり者になれてすごいわね。まだ慣れないのに、みんなが驚かないように私のことを『オパール様』とちゃんと呼べる。みんながいる世界での私は友達ではなく、『雇用主』だからよね？」

「こようぬし……？　よくわからないけど、みんながオパール……のことを、すごく大切にしてるのはわかる！　お母さんもオパールのことが大好きだって。わたしも大好きだよ！」

「ありがとう、メイリ。私も大好きよ」

オパールが抱きしめれば、メイリはくすくす笑いながら抱きしめ返してくれる。

メイリには難しすぎる話をしてしまったかとオパールは思ったが、そうでもなかったらしい。

メイリが笑いながら続けた言葉にオパールは驚いた。

「じゃあ、わたし……お母さんやオパールとの世界を守るためにいっぱいべんきょうするね。それで、わたしの世界を広げるの」

「――ええ。じゃあ、私はそんなメイリをいっぱい応援するわ」

「もういっぱいしてくれてるのに？」

「まだまだ足りないくらいよ。それに、メイリの世界が広がれば、他の人たちがいる世界でもメイリと私は友達でいられるわ。それが楽しみなの」

「わかった！」

まだ七歳なのに、本当にメイリには驚かされる。

言葉の意味がわからなくても、オパールの話を本質的には理解しているのだ。

やはりメイリが学校へ通えるように、この小さな領地での仕事をケイトにお願いしてよかった。

オパールがそう安堵《あんど》したとき、ケイトのメイリを捜す呼び声が聞こえてきた。

「メイリ？　メイリ？」

階下でケイトがメイリの心配をしている。

メイリはぱっと顔を輝かせて立ち上がった。

「お母さん！　ここ！　やねうらべや！」

メイリが大声で答えると、階段を上がってくる足音が響く。

同時に、ケイトの心配は安堵から怒りに変わったようだ。

階段を上りながら、ケイトはメイリを叱る。

「いったい何をしているの？　しかも勝手に屋根裏部屋に行くなんて、心配して――」

屋根裏に上がったケイトは、開け放たれたままの扉からオパールの姿を見つけて声を詰まらせた。

そして慌てて頭を下げる。

「も、申し訳ございません！　奥様がいらっしゃるなんて思わず、ご無礼を……」

「謝らないで、ケイト。心配するのは当然だもの。それよりも、私のほうこそ何も言わず、メイリを屋根裏部屋に連れてきてしまってごめんなさい」

退屈していたメイリと少しだけ遊ぶつもりが、いつの間にかかなり時間が経っていたのだ。

ひと声かけていけばよかったのだが、気を遣わせるかもとの配慮が逆に心配をかけてしまった。

オパールが謝罪すると、ケイトは恐縮する。

「そ、そんな！　メイリの相手をしてくださっていたのですね！　ありがとうございます！」

できればケイトとも友達でいたいのだが、やはりそうはいかないようだ。

大人はどうしても難しい。きっと世界が――社会がそうさせてしまっているのだ。

また、ケイトの性格もあるのだろう。

ケイトは出会ったときから、オパールの本当の身分を知らなくてもずっと申し訳なさそうに謝ってばかりいた。

控えめでいつも気を遣ってばかりだが、たまに思い切ったことをする。

駆け落ちや、職を求めて見知らぬ国へ渡ることも厭《いと》わない。

その意志の強さがあれば、きっとここでは落ち着いて生活できるようになるはずだ。

「ここは、私が小さい頃にこのお屋敷で過ごすときの秘密基地だったの。雨の日もここにお人形を持ち込んでよく遊んだのよ」

「ひみつきち！　わたしにもあった！」

「そうなの？」

「うん！　お母さんも知ってるでしょ？」

オパールがケイトの緊張をほぐそうと悪戯っぽく屋根裏部屋について話せば、メイリが嬉しそうに答えた。

だがケイトは眉間《みけん》にしわを寄せる。

「メイリ、あのマツハ港近くにある洞窟《どうくつ》には危ないから入ってはダメだと言っていたのに、約束を破っていたのね？」

「あ……」

どうやらメイリはルメオン公国で暮らしていた頃の秘密を母親にばらしてしまったらしい。

失敗した、とばかりに目を丸くするメイリがおかしくて、オパールは笑いを堪えながら注意する。

「メイリ、約束は守らなければいけないのよ？」

「はい。……ごめんなさい」

素直に謝ったメイリは、すっかり元気をなくしてしまった。

そんなメイリを励まそうと、オパールは新しい約束を提案する。

「秘密基地は危険が多いけれど、魅力的なことはわかるわ。だから私にそのマツハ港の秘密基地のことを教えてくれる？　それから危ないことはしないと約束できるなら、この屋根裏部屋を秘密基地として好きに使ってもいいわ」

「やくそくする！」

祖母から受け継いだこの屋敷では、屋根裏部屋は使われていない。

祖母が屋根裏部屋は居心地が悪いだろうと、使用人のために棟を建て増ししたのだ。

「奥様、私たちをここに置いてくださるだけでも十分ですのに、これ以上は私にもメイリにもご恩をお返しすることができません。ですから――」

「ケイト、これは恩ではないわ。私がしたいからしているだけ。何かを返してくれる必要はないの」

オパールの甘すぎる提案に、ケイトはますます恐縮してしまったようだ。

気にする必要はないと言っても、難しいのだろう。

「ですが、メイリは学校にまで通わせていただけるのに……」

メイリはもうすぐ近くにある学校に通うことになっている。

少しずつ学校教育も浸透してきているが、まだ中流階級以上の子どもが通うものという考えは抜けていない。

オパールが成人してこの土地を受け継ぎ、学校建設を始めたときは、いったい誰が通うのだと領民は訝《いぶか》しんだものだった。

しかも、初めの頃は無料でも子どもたちを通わせることを大人たちは渋った。

子どもは労働の一端を担っており、勉強などさせている暇はない、と。

そこでオパールは管理人に最新の農機具を購入して使うよう指示を出し、労働時間の削減に努めた。

おかげで少しの手伝いは必要でも、子どもたちに勉強させる時間ができたのだ。

「この土地の子どもたちはみんな学校に通っているの。読み書きと少しの計算ができるだけで、世界はぐんと広がるものだから。大人も希望者は学べるように夜にも授業が少しあるのよ。ケイトもよければ通ってね」

「私も……？」

「お母さんもがっこうに行くの？」

オパールの言葉にケイトは驚き目を丸くした。

学ぶことに年齢は関係ないと、夜間教室を開いたのは、オパールがヒューバートと離縁してこの土地に住み始めてからだ。

それがかなり好評で、タイセイ王国のルーセル侯爵領でもクロードと協力して学校を増設し、夜間学校も開いた。まだ煩《うるさ》く言う者もいるが、気にしてはいられない。

ただ課題はある。

さらに学びたいと都会の大学に進学した若者が、戻ってきたいと思えるような魅力的な土地にすることだった。

それについてはこれから考えなければならないが、まずは目の前のことをひとつひとつ片付けていくことが大切だ。

「ゆっくり考えればいいわ、ケイト。さて、すっかり話が逸れてしまったけれど、お茶の時間よね？」

「あ、そうでした！」

「おやつの時間！」

この屋敷では全員、午後にお茶の時間を取るようにしている。

ちょっとした休憩が仕事の効率を上げることは間違いなかった。

だがそれも、この小さな屋敷だからこそできることで、ルーセル侯爵邸ほどの規模になると女主人といえどなかなか難しい。

「――メイリ、焦らないで。ゆっくりで大丈夫だから」

おやつを食べようと急いで階段を下りようとするメイリを注意するケイトの声に、オパールは我に返った。

慌てて手すりを持ち、ゆっくり下り始めたメイリを見て、オパールは微笑んだ。

メイリはオパールと約束した『危ないことはしない』をさっそく守っている。

焦ってはダメなのだ。

オパールはクロードとの約束を思い出し、リュドと二人を恋しく想いながらも、ゆっくり階段を下りていった。

1　手紙

ルメオン公国の大公にもうすぐ即位するエリーの力になるため、渡航する予定のオパールは、先にケイトとメイリを連れてソシーユ王国に一人で戻ってきていた。

しかし、社交に割く時間はなく、一部の者にしかオパールの滞在は知らせていない。

それでもどこからか話は漏れるのか、先ほど届いたばかりの手紙の束を仕分け終えたオパールは、優先するべき箱に入れた手紙の中から一通を取り出した。

そして読み進めるうちに、目を輝かせ、次いで噴き出す。

実に〝らしいな〟と思いつつ、別の分厚い手紙を取り上げて開封して読み、ついには声を出して笑った。

これからのことを考えて緊張していたのだが、笑ったこととその内容に体から力が抜ける。

オパールはさっそく便箋《びんせん》を引き出しから取り出すと、笑顔のまま返事を書いた。

宛先《あてさき》は『ロアナ・マクラウド公爵夫人』。

オパールの元夫であるヒューバートと結婚したロアナは、オパールの親しい友人である。そのため、書き出しに長ったらしい挨拶《あいさつ》は省き、まずは『ご懐妊、おめでとうございます！』と書き、それから『お疲れ様です』と続けていく。

もうすぐ安定期に入るらしいが、やはり当分はマクラウド公爵夫人の懐妊という大ニュースは伏せておくらしい。

それでも誰かに——オパールに話したかったのだろう。

ソシーユ王国で最高の花婿候補と呼ばれ、皆の憧《あこが》れの的だったヒューバートのプロポーズをロアナは一度断っている。

クロイゼル子爵家の嫁き遅れ令嬢と呼ばれていたロアナは、皆からの羨望《せんぼう》や嫉妬《しっと》に屈したのだ。

ところがヒューバートは諦《あきら》めず、頑なになっていたロアナの心をついに溶かし、二度目のプロポーズを成功させたのだった。

とはいえ、やはり名門マクラウド公爵家の花嫁として、ロアナのプレッシャーは大きかったはずだ。

手紙の内容もはじめは喜びに溢《あふ》れていた。

だが、次第にヒューバートに関する愚痴に変わっていき、最後には『あの煩い口を縫い付けてしまいたい』とまであったのだ。

ヒューバートは喜びと心配のあまり、ロアナのすることひとつひとつに口を出し、歩くことさえそのうち許さなくなってしまうのではないかとぼやいていた。

ヒューバートの過保護ぶりは手に取るようにわかるが、このままだとロアナの妊娠を隠すことはできなくなってしまう。

それはそれでまたロアナの負担が増える。

オパールは少し考え、新たに手紙を書き始めた。

今のヒューバートなら、クロードとよく話が合うだろう。

クロードもオパールの妊娠がわかってからは過保護が酷かった。もちろんオパールにとっては嬉《うれ》しくもあったのだが、正直に言えばうっとうしいことも多かった。

あのときはオパール自身もちょっとしたことで苛々《いらいら》しすぎていたと思う。

それも仕方ないこととはいえ、ストレスが増えないように、ロアナは少しだけヒューバートと離れていたほうがいいかもしれない。

少なくとも社交界にヒューバートが顔を出せばすぐにロアナの妊娠は知れ渡ってしまうだろうことが想像できた。

どうやらステラにもまだ伏せているらしく、もう少ししたら二人で郊外の家に会いに行って話すつもりだとあった。

それまでは他人から聞かされないように配慮しなければならないのだ。

(ステラさんは相変わらずなのね……。私と違ってロアナさんは何度も歩み寄ろうとしていたのに……)

結婚前からロアナは何度もステラの住む郊外の家に会いに行ったらしいが、ノーサム夫人が対応するだけで、ステラとはほとんど会うことができなかったようだ。

それどころか顔を合わせることができても、ステラはロアナに向けて暴言を吐き、ついにヒューバートを怒らせたらしい。

（ステラさんの境遇は気の毒だとは思うけれど、今となっては自業自得なのよね……）

十年ほど前、ステラは新しい薬によって病が改善し、リハビリすれば歩けるようになるとまで言われたのだ。

しかし、リハビリを拒否し、ヒューバートへの想いを募らせ、すべてを閉ざしてしまったのは本人の選択だった。

オパールはもう好きにすればいいと放置してしまったが、ロアナは未だに何かと気にかけているようだ。

ヒューバートはステラに対し怒りはしても見捨てることはできず、ロアナには感謝しているらしい。

（まあ、ステラさんのことはいいわ。それよりも、ロアナさんよね……）

少なくともステラが一生生活に困ることがないよう、ヒューバートが手配しているのは間違いないのだ。

オパールは気持ちを切り替え、ヒューバートへ手紙を書いた。

どうすればロアナが妊娠期間を楽しむことができるのか、オパールなりに考える。

女心は――特に妊娠中は何かと複雑なのだ。

夫がずっと傍にいると息苦しくなることもあるが、だからといって遠くに行ってしまうのも寂しく不安だろう。

そこでオパールはヒューバートにとある仕事をお願いすることにした。

以前のヒューバートは独断的で暴走することも多かったが、最近は状況把握も適時の判断能力もずいぶん上がり、仕事仲間として信頼でき口も堅い。

マンテストの開発事業を共同で行っているからこそ、ルメオン公国で計画している新事業について頼みたいことがあった。

しかし、手紙を書いていたオパールの手が止まる。

「……むしろ独断的なのは、私じゃない？」

オパールは一人呟《つぶや》いて、書いていた手紙をくしゃくしゃに丸めた。

二人のことは二人で決めるべきなのだ。

今までのクロードとのことを思い出したオパールは、くすりと笑った。

ヒューバートに協力を要請はするが、受けるかどうかはロアナと相談して決めてほしい。

ルメオン公国の動向は、今後のソシーユ王国にも関係してくることなのだ。

「私のこういうところって……お父様にそっくりよね」

今さらながら、自分の父親によく似ているなと気づいて、再び独り言を口にした。――つもりだったが、突然よく知った声が割り込む。

「今頃気づいたのか？」

「ジュリアン⁉」

いきなり現れたのは実兄のジュリアンだった。

ノックもせず音も立てずに扉を開いたようだ。

「いつ来たの？」

「ついさっき」

「何をしに？」

「用もないのに来てはダメなのか？」

「もちろんいつでもどうぞ。ここは私が受け継いだけれど、ジュリアンにとっても思い出の場所だものね」

「そうでもないがな」

母方の祖母が晩年を過ごしたこの屋敷は、オパールが受け継いだものの、ジュリアンも子どもの頃は何度も遊びに来ていたのだ。

ただ、寄宿学校に入ってからは一度も訪ねておらず、ジュリアンの言うとおりオパールほどの思い入れはなかったようだ。

だから祖母もここをオパールに遺したのだろう。

ジュリアンには別のものが遺贈されている。

オパールが書斎代わりにしているこの小さな図書室では、よく一緒に隠れんぼをしていた。

そのことを思い出しているのか、ジュリアンは室内をざっと見回してから祖母が愛用していた揺り椅子に腰を下ろす。

「オパール、お前……今度はルメオン公国で内政干渉するらしいな」

「そうじゃないわ。ただ、エリーを助けたいだけよ」

「それを内政干渉と言うんだよ。彼女は二カ月後に大公に即位する。その彼女に外国人であるお前が助言していれば、他の者たちがどう思うかくらいわかるだろう？」

「だけど……エリーはあまりに経験が不足しているわ。しかも今まで彼女には為政者として学びの機会も与えられなかったのよ？」

「だとしても、それは公女の後見人が決めたことで、お前が口を出すことじゃない。彼女はまだ未成年だ」

「あと二カ月だけどね」

オパールはジュリアンの言葉に反論するように答えたが、ふうっと深く息を吐きだした。

それからしばらく沈黙した後、再び口を開く。

「確かに、ジュリアンの言う通りね。何をどう弁解したって、内政干渉に違いないわ。でも、私はルメオン公国へ行くわ」

「ふーん。まあ、好きにすればいいんじゃないか？」

「止めないの？」

「お前が単にいつものお節介を押し付けるつもりなら馬鹿にしようと思っただけだよ」

「失礼ね。お節介は否定しないけど、押し付けてはないわよ」

「お節介の時点で、押し付けてんだよ。そのくせ、後先考えないんだよな。バカオパール」

オパールは言い返しかけて、結局は口を閉じた。

ジュリアンにはいつも助けてもらっている。

メイリとケイトのことも、ジュリアンがいなければすぐには見つけられなかったかもしれないのだ。

ただ、ここで感謝の言葉を口にしても、ジュリアンは素直には受け取らないだろう。

「それで、結局何しに来たの？　私を馬鹿にする以外に」

オパールが改めて訊《たず》ねれば、ジュリアンは楽しそうに笑う。

「今回ばかりは先に話をしろって、クロードが煩く言うからな」

「……ジュリアンもルメオン公国に行くつもりなの？」

「面白いことになりそうだろ？」

「面白いどころか、危険だと思うけど」

「今までと違って、完全に敵地なんだから当然だな」

「悪趣味ね。でも、ありがとう」

今までは——ソシーユ王国では、オパールにはトレヴァーや叔父の助けがあり、父であるホロウェイ伯爵の後ろ盾があった。

タイセイ王国では危険な状況にあったが、クロードやジュリアンが見守ってくれており、アレッサンドロの手の内でもあったのだ。

しかし、ルメオン公国では護衛とは別にアレッサンドロの密偵はいても、表立って味方してくれる者はいない。

それどころか、エリー誘拐を企てタイセイ王国の裏町の者と取引した黒幕がいるはずなのだ。

オパールはエリーの安全を確保するためにも、その黒幕を突き止め目的を明らかにするつもりだった。

さらには、『皆の未来が明るいものだと信じられるようにしたい』というエリーの目標を叶《かな》えるための指針を一緒に見つけられればと考えている。

だが、オパールがエリーに関わるためのはっきりとした大義名分がなかった。

それでは、黒幕やエリー即位に反対する者たちに足を掬《すく》われかねない。

だからこそ、オパールと連携をとれるように話し合ってほしいと、クロードはジュリアンに頼んだのだろう。

ジュリアンもこれまでのように自由気ままに動くのは危険だと判断したのだ。――オパールのために。

それゆえ、オパールは素直にお礼を言ったのだが、ジュリアンはふんっと鼻で笑う。

「足を引っ張るなよ？」

「ジュリアンこそ、また泥棒の真似事をして捕まらないでよね」

「ばーか。そんな間抜けなことするか。今度は……」

言いかけて、ジュリアンは一度口を閉ざし、続いて小声で計画を告げた。

それを聞いたオパールは目を丸くする。

「本気で言ってるの⁉」

「面白そうだろ？」

「それどころか……馬鹿じゃないの？」

驚きから冷めたオパールが鼻にしわを寄せて言い放つと、ジュリアンは声を出して笑った。

公国の人たちの関心を――特に危険人物からの関心を分散させるために、ジュリアンはエリーの求婚者のふりをするというのだ。

笑い事ではないのだが別の妙案も浮かばず、オパールは盛大にため息を吐いたのだった。

2　再会

「オパール！　来てくれて嬉しいわ！」

「こうしてまた会えて私も嬉しいわ」

大公宮の正面に止まった馬車からオパールが降りると、エリーが飛びつくように駆け寄った。

そんなエリーにオパールが頬を寄せてキスする仕草をすると、その様子を見ていた者たちがざわつく。

どうやら皆は次期大公への馴《な》れ馴れしさではなく、エリーにそこまで親しい間柄の人物が現れたことに驚いたようだ。

それだけで、今までのエリーの孤独がわかる。

オパールは一度エリーから離れると、恭しく膝《ひざ》を折った。

「公女殿下、改めましてお久しぶりでございます。こうしてお招きいただきましたこと、大変光栄に存じます」

「もう、オパールったら今さらよ」

くすくす笑いながらエリーは答えたが、オパールは微笑んで応え、ちらりと背後に目を向けた。

そこにはジュリアンがにこやかな笑顔で立っている。

「公女殿下、今回は夫のクロードはどうしても外せない用事がありまして、残念ながらご招待に応じることができませんでした。そこで私の兄のジュリアンを同伴させていただきました。何度かお会いなさっているでしょうから、紹介は必要ありませんわね？」

「公女殿下、お久しぶりでございます」

「あら、そんなに久しぶりでもないわ」

エリーとジュリアンは初対面である。

クイン通りの裏町ではジュリアンがウロウロしていたが、エリーは気づいていなかっただろう。

それでも、オパールの言葉に驚くことはなく、手の甲に口づけるふりをしながらのジュリアンの挨拶《あいさつ》にも、エリーはにこやかに応じた。

先ほどオパールが頬を寄せたとき、こっそり「話を合わせて」と囁《ささや》いたからだ。

それだけで動揺を一切見せずにきちんと対応できるのだから、この短期間でエリーはかなり成長している。

やはり甘やかされた我儘《わがまま》な娘という役割を、ずっと無意識に演じていたのだ。

だとすれば、そうさせていた人物は一人しかいない。

オパールがその人物へ軽く視線を向けると、エリーがかすかに緊張しながらも紹介してくれた。

「オパール、こちらは私の後見人で叔父のエッカルト。とてもお世話になっているのよ。叔父様、こちらは私の友人のボッツェリ公爵夫人オパールです」

エッカルトは十年前に亡くなった先代大公——エリーの父親の弟であり、今現在は大公代理として、ルメオン公国の国政を担っている。

それも、エリーが成人して大公に即位するまでらしい。

「初めまして、ボッツェリ公爵夫人。タイセイ王国では、エリーが大変お世話になったようですね？　エリーに友人ができたこと、とても嬉《うれ》しく思います」

「初めまして、エッカルト閣下。私のほうこそ、公女殿下には親しくしていただき、即位前の大切な時期にもかかわらず、こうしてご招待いただいたことは本当に嬉しく、ありがたく思っております。閣下、こちらは私の兄でホロウェイ子爵、ジュリアンです」

エッカルトは口ひげを生やした顔に柔和な笑みを浮かべ、親しげな挨拶を口にした。

背筋をピンと伸ばした細身の体からは、上品さと優しさがにじみ出ている。

オパールも親しみを込めて微笑みながら挨拶を返し、ジュリアンを紹介した。

すると、ジュリアンはいつもの人好きのする笑みを浮かべてエッカルトに握手の手を差し出す。

「閣下、初めまして。私までこうしてずうずうしくも公女殿下を訪ねてまいりましたこと、お詫《わ》び申し上げます。ですが、公女殿下はとても魅力的な方ですからね。再びお会いできる機会を逃したくなかったのです」

身分で劣るジュリアンのほうから手を差し出したことに周囲がざわめく。

それでもエッカルトは眉《まゆ》一つ動かさず、笑みをたたえたままジュリアンの手を握った。

「ようこそ、ホロウェイ子爵。エリーが即位を前に私的に客人を招きたいと望んだ理由がよくわかりました。これほどに魅力的な方たちなのですから、歓迎せずにはいられませんね」

「ありがとうございます」

エッカルトはオパールたちを褒めているようでいて、公式に招待したわけではないと暗に告げた。あくまでもエリーの我が儘での招待であり、即位前の大切な時期であることも念押ししているのだ。

その言葉を聞いて、エリーの体がわずかに強ばった。

だが、エッカルトの優しい口調と笑顔に、エリー自身は責められているとは気づいていない。

(ああ、なるほど。態度にも直接的な言葉にも一切出さないけれど、こうしてエリーを追いつめてきたのね)

エリーは自覚していないようだが、エッカルトの前ではかすかに緊張している。

それなのに、エリーがエッカルトを悪く言っているのを聞いたことがない。

また周囲の者たち——ほとんどが使用人であるが——はエッカルトに全幅の信頼を寄せているようだった。

（これはなかなか難しい相手ね……）

エッカルトにアレッサンドロのような威光はない。

これといった特徴もなく、社交界によくいる上品な紳士といったところだ。

オパールが前回ルメオン公国に数日滞在していたときも、エッカルトに関しては不満も称賛も耳にすることはなかった。

為政者として代理ではあるが――だからこそと言うべきか、可もなく不可もなく。

それが対面するまでのエッカルトの印象だった。

「さて、それではそろそろ私は執務に戻らなければならないので失礼いたします。エリー、公爵夫人たちを十分にもてなしてさしあげなさい」

「はい、叔父様」

オパールが素直に受け取れないだけなのか、エッカルトの言い方は恩着せがましく聞こえる。

逆に、エリーは我が儘な公女の噂が嘘のように、素直に返事をした。

「オパール、……ジュリアン、お部屋に案内するわ」

「ありがとうございます」

「光栄です、殿下」

ぎこちないながらもエリーはジュリアンの名前を呼んで、親しさをアピールしてみせた。

そんなエリーに、ジュリアンはお礼を口にしながらウィンクして見せ、さらに親しさを見せつける。

まるで、エリーがぎこちなくなってしまったのは人前だからだと、それをわかっていると伝えているようだった。

（この場で一番手に負えないのはジュリアンかしらね。それとも……）

エッカルトは困惑したようでいて、それでも笑顔を崩さず二人のやり取りを見ていた。

まるで、公女の恋人の出現に戸惑い心配しているかのように。

その姿はあまりに自然で、オパールもいつもなら見過ごしていただろう。

だが今は、タイセイ王国でのエリー誘拐を企てたのではないかと一番疑われる人物なのだ。

取り調べでロランは、エリーを誘惑するよう十万で依頼されたと供述した。

依頼者は父親であり、我が儘娘に世の中の厳しさを教えるつもりなのだと聞かされたらしい。

成功報酬はエリーから騙《だま》し取《と》る予定のお金だったのだが、オパールが現れたことで、もっと稼げると思ったロランは狙いを変えてしまった。

そのため、逃げようとしたルメオン公国行きの船で、近づいてきた依頼者に密かに脅されたのだ。

裏切りは許されない。タイセイ王国まで行き、クイン通りの安宿で待機しろ、と。

（船上で出しゃばらず、成り行きを見ていたほうが黒幕にたどり着けたかしら……）

ちらりとジュリアンを見れば、オパールの視線に気づいて左の口角を上げた。

笑っているようにも見えるが、悔しがっているときによくする癖である。

おそらくジュリアンも同じことを考えていたに違いない。

今まで裏で動いてばかりだったジュリアンがこうして堂々と表に出てきたのは、きっと負けたままでいられないからだろう。

子どもっぽい動機ではあるが、本気のジュリアンなら心強いのも確かだ。

オパールはエリーに促され、ジュリアンと一緒に大公宮の中へと足を踏み入れたのだった。

3　大公宮

前回、大公宮にやって来たときにはもっと手前、大規模な夜会が開かれた大広間とその近辺にしか立ち入ることはできなかった。

だが今はエリーの案内で、宮の最奥にある大公たちの居住区を進んでいる。

その間、エリーから簡単に部屋や建物の歴史について説明を受けていた。

「――さすが殿下はお詳しいですね。ここでずっと暮らしていらっしゃるのですか？」

「ええ、生まれたときからずっとよ。そんなことより、敬語はやめて前みたいにエリーって呼んでほしいわ。もちろん、ジュリアンにもね」

居住区でも使用人たちが所々にいるので、オパールはこれみよがしに敬語で話しかけた。

すると、エリーはオパールの意図を汲《く》んで答えてくれる。

ほんのふた月弱で、エリーはずいぶん変わった。

やはり聡明《そうめい》だからこそ、身を守るために自覚のないまま我が儘な娘として振る舞っていたのだろう。

オパールがこの十年のエリーの苦労に思いを馳せていると、ジュリアンが話を先に進めた。

「ありがとう、エリー。そう言ってもらえると嬉しいよ。でも、ここにいる人たちはみんな驚くんじゃないかな？　僕はいったいどれだけの人に、エリーから許可をもらったんだって言って回らないといけないんだろう？」

「……そうね。全員になるわね。でも、いちいち説明する必要はないわよ」

オパールに続いたジュリアンの質問の意味を、エリーはちゃんと理解したらしい。

要するに、この宮の者たち全員がエリーと親しくない――信用できないということなのだ。

先に調べたところ、十年前に大公が――エリーの父親が疫病で亡くなった後、大公宮内の人事は刷新されていた。

タイセイ王国ほどの流行ではなかったが、それでも公国にも疫病は影響を及ぼしたのだから仕方ないだろう。

ただ、エリーが慕っていた乳母などまでが辞職してしまっていたのは怪しく思えた。

エリーは父親を亡くしただけでなく、いきなり見知らぬ大人に囲まれてしまったのだ。

そんなエリーが孤独感から我が儘になっても仕方なかった。

ところが、エッカルトはその状態のエリーを長年放置し、真綿で包むように優しく孤立させている。

しかし、オパールはエッカルトの目的がよくわからなかった。

もしエッカルトが大公位を狙っているのなら、今さら誘拐などしなくても幼い頃にどうにかできたはずである。

また大公家の資産を手に入れるためだとしても、この十年の質素な生活ぶりからは贅沢《ぜいたく》な暮らしを望んでいるようには思えない。

エッカルトがいったい何を考えているのか、実際に会ってみても答えを見つけることはできなかった。

さらに、この国には謎がある。

豊富な鉱脈から採掘された鉱石は大量に輸出されているというのに、その収益金の大半が国民に還元されることも設備投資されることもなく、どこかに消えているようなのだ。

ひょっとして横領している者が別にいるのかもしれないとも考えたが、それなら世間知らずのエリーが大公に即位すれば好都合だろう。

（すべてに違和感があるわ……）

とにかく、鉱石の収益金の行方を掴《つか》むことだ。

もちろん、世の中にはお金を貯め込むことを好む者もいるので、どこかに隠し持っているのかもしれない。

だが、エッカルトはそんなタイプにも見えず、ただただ謎が深まっていくばかりだった。

（そもそも何か動きがあるなら、陛下が掴んでいないわけないわよね）

十年前の内乱から燻《くすぶ》っていた反抗勢力を一掃した今、アレッサンドロは外交にようやく注力することができる。

この一年だけでも、諸外国と多くの条約締結を成しているのだ。

むしろ、これまで内政に問題を抱えながらも、他国からの干渉を許さず強国として揺らぐことのない立場を築いたのはさすがとしか言いようがない。

これから先、周辺諸国はタイセイ王国の動向を注視しなければならないだろう。

完全に力を取り戻したタイセイ王国は脅威でしかないのだ。

(まあ、だからこその条約なんだけど……)

考えに耽《ふけ》っていたオパールは、軽く腕をつねられて我に返った。

つねったのはもちろんジュリアンである。

気がつけば、すでに客室らしき部屋の扉前までやって来ていた。

「オパール、大丈夫？　やっぱり違う部屋を用意させましょうか？」

「い、いいえ。大丈夫よ。ごめんなさい、ちょっとぼうっとしてしまっていたみたい」

「ああ、ならいつものことなのでご心配には及びませんよ。エリーは優しいですね」

今回の招待ではオパールと本来滞在予定だったクロードの公爵夫妻のために続き部屋を用意しており、ジュリアンとは兄妹なので変更しなかったがよかっただろうか、とエリーは訊《たず》ねていたようだ。

心配そうなエリーにオパールが微笑んで答えれば、ジュリアンが笑顔で余計なことを言い足す。

オパールがぼうっとしているのはいつものことだと言っているのだ。

肘《ひじ》でジュリアンを小突けば、いつもなら避けるのに今回は大げさに痛がった。

ふざける兄妹のやり取りを見て、エリーが頬を染めてくすくす笑う。

そんなエリーの穏やかな態度に、控えている使用人たちは驚いていた。

「相変わらず仲がいいのね。それなら続き部屋でも大丈夫そうだわ」

「仲良くはないけれど、続き部屋で大丈夫よ。だって、鍵《かぎ》はかけられるのでしょう?」

笑いながら言うエリーにオパールが冗談で返すと、使用人たちさえも笑いを堪えているようだった。

どことなく漂っていた緊張感がいつの間にか解れている。

使用人たちはまたエリーが我儘《わがまま》を言いだすのではないかと恐れていたようだ。

将来の大公である公女にどう接すればいいのかわからずぎこちない対応になり、それがエリーに伝わり……と悪循環に陥ったのだろう。

(仕方ないとはいえ、子どもの頃からそんな空気の中で育ったのなら、エリーはすごく頑張ったのね)

エッカルトにだけは妙に素直なのも納得だった。

オパールはジュリアンと共有することになる居間部分に入りながら、エリーを見つめた。

その視線に気づいたエリーが振り返って微笑む。

「お茶の用意をさせるけど、ご一緒してもいい?」

「ええ、もちろん」

「エリーと一緒にお茶を飲めるなんて久しぶりだね。嬉《うれ》しいよ」

「久しぶりと言うほどだったかしら？」

「僕にとってはね」

明るいジュリアンの嘘にも怯《ひる》まず、エリーは悪戯っぽく答えた。

そのやり取りは社交界でよく見られる恋愛遊戯のようだ。

やがて使用人たちが出ていき、客室の居間に三人だけになると皆でソファに座り、オパールは大きくため息を吐いた。

ナージャは隣の部屋で荷解きをしている。

「身内が——兄が女性を口説く場面を見せられるのは何とも言えない気分になるわね」

「俺はクロードと初顔合わせのときから見せつけられているけどね」

「それは言い過ぎよ」

「言い過ぎじゃないさ。お前はクロードにべったりだっただろ？」

「それとこれとは違うわよ」

「べったりだったことは否定しないのか」

「できないもの」

オパールとジュリアンの口論にもならない言い合いを聞いて、エリーがぷっと噴き出す。

そのとき、ジュリアンの従僕の一人がやって来てエリーに気づき、邪魔したことを詫《わ》びてすぐに出ていった。

「別によかったのに、彼に申し訳ないことをしたわ……」

自分がいたことでジュリアンの従僕に気を遣わせてしまったことを、エリーは気にして呟《つぶや》いた。

それに対して、ジュリアンが何も言わないので、オパールが答える。

「彼が言いたかったことはわかっているから大丈夫よ。そもそも彼はエリーがいることも本当は知っていたの」

「どういうこと？」

「彼はただの従僕ではないってこと」

オパールがにやりと笑って伝えたが、エリーは今ひとつ理解できないようだ。

そこでもう少し踏み込んで説明する。

「ちゃんとした護衛以外にも、従僕などに扮《ふん》した護衛がいるの。それで、今彼はこの客間の確認をしてくれて、特に異常はない――密偵などの隠れ場所はないと伝えてくれたのよ」

「そういうことだったのね。すごいわ……」

「ほんと、彼らには助けてもらってばかり。それに、もちろんエリーにも陛下が付けてくれた護衛がいるはずよ。でも下手に探ると逆効果だから、エリーは知らないふりをしていればいいわ」

「ええ。そうするわ」

わざわざ従僕に扮した護衛が今現れたのは、誰にも盗み聞きされていないと伝えるためなのだ。

その確認が取れたことで、オパールは遠慮しないことにした。

「で、何なの、ジュリアンのその態度は？　いきなりダンマリ？」

「俺の役目は公女殿下を口説く演技をすることだが、今は必要ないだろ？　余計な労力は使わないことにしているんだ」

先ほどまでと違い、やる気のない態度のジュリアンに注意すれば、腹立つ答えが返ってくる。

だが、それもジュリアンの演技であることはわかっていた。

ジュリアンが紳士として振る舞えば、たいていの女性は少なからず惹《ひ》かれてしまうらしい。

要するに、まだ恋愛に不慣れなエリーに誤解させないための配慮なのだ。

自惚《うぬぼ》れのようでもあるが、実際に何度もあったことなので、オパールもそれ以上は責めなかった。

「やっぱりそういう設定だったのね？」

「そうなの。初対面だったのに、いきなりごめんなさい。手紙で先に知らせることも考えたけれど、誰に見られるかわからなかったから。エリーは恥ずかしがりつつ、悪くはないかもって感じの態度でいてくれると助かるわ」

「上手くできるかどうか……」

「十分にできていたわよ」

「でも、どうしてそんなことを？」

「それは――」

オパールが答えかけたとき、部屋にノックの音が響いた。

ジュリアンが立ち上がり、扉近くまで行って誰何する。

「――エッカルトの息子のミカエルです。よろしければご挨拶《あいさつ》させていただきたく、参りました」

外から聞こえる声に、オパールはかすかに驚いた。

出迎えの場にはいなかったので、まさかこうしてやって来るとは思わなかったのだ。

ジュリアンはオパールとエリーに「いいよな？」と目で問いかけ、二人が無言で頷《うなず》くと扉を開けた。

4　挨拶

ジュリアンに招かれて入ってきたのは、誰もが注目するような美青年だった。

エリーと同じ黒髪は少し癖があり、日に焼けた肌と相まってとても健康的に見える。

だが特に目を引かれるのは透き通るような青い瞳《ひとみ》で、端整な顔立ちをさらに引き立てていた。

また両耳には瞳と同じ青い小さな宝石が輝いている。

おそらくサファイアだろう。

男性がピアスをしているのは珍しいがよく似合っていた。

「先ほどはお出迎えできずに、申し訳ありませんでした。こちらにまだエリーがいると伺ったものですから紹介していただきたく、ずうずうしくもお訪ねしてしまいました」

自分の魅力を十分にわかっている者ならではの微笑みを浮かべ、ミカエルは小さく首を傾げてオパールを見た。

エリーは特に従兄に心を動かされた様子はない。

ジュリアンを兄に持ったオパールには、何となくその心境がわかった。

他人にとってはどんなに魅力的でも、家族でしかないのだ。

オパールと一緒に立ち上がっていたエリーは、小さくため息を吐いた。

「ミカエル、別に今でなくても明日の晩餐《ばんさん》の席でよかったんじゃない？」

「晩餐だと、他にも大勢いるだろう？　ボッツェリ公爵夫人にお近づきになりたい者は多いんだから」

「あなたもその列に加わればいいじゃない」

「冷たいな」

二人のやり取りは不仲というより、遠慮がないからこそのもののようだ。

オパールは自分とクロードの昔を思い出して、くすりと笑った。

「ああ。ごめんなさい、オパール。ジュリアンも。仕方ないから紹介するけれど、彼は私の従兄でミカエル・マーチス。ミカエル、こちらはタイセイ王国のボッツェリ公爵夫人オパールとお兄様のホロウェイ子爵。子爵はソシーユ王国の方なのだけれど、オパールを通じて仲良くなったの」

「初めまして、ボッツェリ公爵夫人。噂に違わず、お美しい方ですね」

「わざわざご挨拶にいらしてくださるなんて、光栄ですわ。どうぞ、オパールとお呼びください」

「ありがとうございます、オパール。私のことはミカエルとお呼びください」

エリーに紹介されて、ミカエルは魅力的な笑みを浮かべる。

オパールは右手を差し出してミカエルのキスを受け、にこやかに答えた。

そこに、ジュリアンがわざとらしく咳払《せきばら》いして、ミカエルに右手を差し出す。もちろん握手のために。

「初めまして、ジュリアン・ホロウェイです」

「どうぞよろしく、ホロウェイ子爵」

「僕のこともジュリアンとお呼びください。ところで失礼ですが、なぜマーチスと？」

「この国では、継承権を持つ者だけがルメオンと名乗れるのです」

「あなたには継承権がないのですか？」

「ええ、幸いなことに。では、ジュリアン。私のことはミカエルと呼んでください」

「ありがとう、ミカエル」

握手を交わしながらの会話は、火花が散らないのが不思議なくらいケンカ腰だった。

何となく気づいてはいたが、やはりミカエルは初め、わざとジュリアンを無視していたのだ。

二人の険悪な雰囲気にエリーは戸惑っている。

「さて。男同士の友情構築はまたゆっくりどうぞ。そろそろ休ませてもらってもいいかしら？」

「ああ、これは大変失礼しました。それでは、また明日の晩餐のときに」

「ええ」

オパールが割って入るようにぱんっと手を叩《たた》けば、ミカエルは申し訳なさそうに微笑んで謝罪した。

それからエリーに向き直る。

「エリー、行こうか」

「え、ええ……」

オパールが休むなら当然エリーも出ていくべきなのだ。

だがまだ肝心の話ができていないので、エリーはためらうようにオパールを見た。

「エリー、素敵な部屋を用意してくれてありがとう。またよろしくね。楽しみだわ」

「私もとても楽しみにしているの。それじゃ、二人ともゆっくり休んでね」

エリーはまだ未熟で、ミカエルの前でためらいを見せたが、それでも十分だった。

また後で話しましょうという意味のオパールの遠回しな言葉を理解したようだ。

ためらったのはジュリアンと別れるのが惜しいからだと言わんばかりに、ちらりとそちらに視線を向ける。

ジュリアンは極上の笑みを浮かべて、エリーの手を取った。

「エリー、すぐにでも会えることを期待しているよ」

「も、もちろんよ」

ジュリアンは再びエリーの手の甲に口づけると、離れがたいというように手を握ったまま。

エリーが顔を赤くしながら頷くと、ジュリアンはやっと手を離した。

オパールは困った兄を見るように苦笑し、ミカエルに視線を向ける。

ミカエルはかすかに顔をしかめていたが、オパールの視線に気づいて微笑んだ。

「それでは、失礼いたします。さあ、エリー」

「じゃあ、またね」

エリーはミカエルに促され、オパールよりもジュリアンに向けて手を振り部屋から出ていく。

そして扉が閉まり、しばらくしてからオパールは大きく息を吐いてソファに戻った。

「ちょっとやり過ぎじゃない？　あんなに挑発しなくてもいいのに」

オパールが冷めたお茶を飲みながら注意すると、ジュリアンもまたお茶を飲んで答えた。

「売られたケンカは買う主義だからな」

その返答には同意せざるを得ない。

「確かに、ミカエルは見た目に反してかなり好戦的だったわね」

ミカエルは優しさ溢《あふ》れる好青年といった様子だったが、ジュリアンにだけは当たりが強かったのだ。

結婚相手として名前が挙がっているミカエルに対し、エリーはまったくその気がないようだった。

しかし、ミカエルのほうは違うのかもしれない。

「見た目で判断するなよ」

「あら、意外な言葉を聞いたわ。その見た目でいつもいろいろな人を騙《だま》しているのに」

もっともな指摘ではあるが、ジュリアンにだけは言われたくない。

ジュリアンはもう三十歳を超えているのに、天使のような見た目と振る舞いで人心を掴《つか》む。

もう少し簡単に言えば、上手く他人を使うのだ。

そうかと思えば、目立たず大衆に紛れ込むこともできるのだから、オパールは不思議だった。

（我が兄ながら、すごいわよね……）

クロードは誠実さと実直さでもって人を惹きつけるが、ジュリアンは天真爛漫《てんしんらんまん》な奔放さで人を惹きつけるのだ。

アレッサンドロが何かと理由をつけて呼び出すのは、取り込む目的と同時に警戒しているのかもしれない。

ジュリアンが敵対するとなると、かなり厄介である。

「それで、お前はあいつに好感を持ったわけだ」

「悪くはないんじゃない？」

「へえ？　クロードに報告しておくよ」

「どうぞ。クロードは私の趣味を小さい頃からよく知っているもの。大人になってからは、内面を特に重視するようになったこともね」

「会ったばかりで、もう内面がわかるとでも言うのか？」

ジュリアンは自分が容姿を利用していることには触れず、ミカエルの話に戻した。

挑発するように質問してくるのだが、オパールは試されているのだ。

簡単に分けられるわけではないが、ミカエルが敵か味方かの判断で今後の対応も変わってくる。

「ピアスをしているくらいだもの」

「七年近くもテラルト国に留学していたら、影響もされるんじゃないか？」

「継承権はなくても、大公家の人間が？」

男性でもピアスをするのは、ルメオン公国の隣国であるテラルト国の貴族たちの風習だった。

テラルト国は二十年ほど前に圧政に苦しめられた民衆が暴動を起こし、そこから革命が起こって共和国として名乗りを上げた国である。

しかし、ただの民衆がいきなり国政を担うことは難しく、結局は選ばれた貴族たちによる議会が発足し、貴族共和制のようなものに落ち着いたのだ。

そのテラルト国に、ミカエルが成人を前にして十九歳から留学していたことは、少し調べればわかることだった。

「オパール、その考え方は古いぞ」

「そうかもね。今では規制もなくなり、ピアスも一般的になりつつあるそうだから。ただのおしゃれでしているのかもしれないわね」

にやにやしながら言うジュリアンに、オパールはため息交じりに答えた。

オパールの言いたいことを理解しているくせにからかってくるのが苛立《いらだ》たしい。

「結局、ジュリアンはミカエルをどう見ているの？　一、エリーの兄的存在として、可愛い妹に言い寄るジュリアンを警戒している。二、エリーに従妹としてではなく、女性として想いを寄せているためにジュリアンを恋敵視《ライバルし》している。三、エリーのことは女性として意識しているわけではないが、公国のために結婚を考えているのでジュリアンが邪魔。四、公国の実権を得るためにエリーとの結婚を決めているので、ジュリアン死ね。さて、どれかしら？」

「お前、クロードに似てきたな」

「ありがとう」

オパールは指を折りながらミカエルの挙動について可能性を挙げていったが、その内容は徐々に物騒になっていく。

それにジュリアンがぼやけば、オパールは笑顔でお礼を言った。

「今のところ『四』だな」

「本当に？『三』ではなくて？」

楽しげに答えるジュリアンに、オパールは驚いた。

可能性として挙げはしたが、そこまで確信を持っているとは思っていなかったからだ。

「俺が何のために子爵としてエリーに求愛していると思うんだ？　面倒くささより、面白さのほうが強いからだよ」

「相変わらず悪趣味ね」

「クロードの女の趣味よりマシだろ」

オパールは傍にあったクッションをジュリアンに投げつけながら、納得もしていた。

ホロウェイ子爵として顔を出したがらない——裏で小細工してかき回すのが好きなジュリアンがこうして表に出てきたほどなのだ。

「まあ、実際のところはミカエルというより、周りにいるやつらの考えだろうがな」

「ミカエル自身は違うと思う？」

「それはこれから自分で見極めろよ」

ジュリアンもまだミカエルについては判断しかねているのだろう。

また、もう一つの問題は父親であるエッカルトの指示の下で動いているのか、別なのかである。

テラルト国まで絡んでくるとなると、エリーの立場はかなり危うい。

簡単だとは思っていなかったが、非常に厄介な状況に陥りそうで、オパールは頭を抱えたくなったのだった。

5 隣国

山地を挟んでルメオン公国、そしてソシーユ王国と隣り合うテラルト国も、二十年余り前までは君主国家だった。

だが当時の国王がとある愛人に入れ込み、その一族を重用して贅《ぜい》を尽くし、民に犠牲を強いたのだ。

そのため疎外された貴族たちだけでなく、民たちの不満が噴出、ついには暴動が起きた。

それはやがて各地に広がり、国王と寵姫一族、利権を得ようとする貴族、王政廃止を訴える民衆と、三者の争いに発展。

飛び火を恐れたソシーユ王国など諸外国が介入を試みた結果、他国の干渉を忌避して貴族たちと民衆の代表者たちが話し合いの後、結束して対抗した。

後に二者は王権停止を宣言、国民議会を発足させて王政廃止を決議、共和制国家を樹立させたのだ。

とはいっても、議会は貴族たちに埋め尽くされ、国民主体の政治とはほど遠いものとなる。

国王と寵姫一族は第三国へ亡命したことで、テラルト国内でのすべての財産権利を没収されたのだった。


この隣国の革命時、オパールはまだ子どもで病弱な母と伯爵領地で暮らしていたため、よくわかっていなかった。

ただ父が帰ってこないのは仕事が忙しいからだとの母の言葉を信じていたのだ。

しかし、ジュリアンはクロードとともに王都の寄宿学校に入っていたので、完全には理解していなくても革命の空気は肌で感じていただろう。

実際にソシーユ王国の王都には、テラルト国からの亡命貴族たちが住まうようになっていた。

それでも亡命貴族たちの振る舞いは、まるでバカンスにでも来ているようだったらしい。

そして世界中がテラルト国の動きを注視し、経済も混乱する中で莫大《ばくだい》な富を築いたのがホロウェイ伯爵――オパールの父である。
やがてテラルト国内の混乱が落ち着き、亡命していた貴族たちも祖国へ帰ったのだが、彼らは以前よりも格段に立場が弱くなったらしかった。

「――とまあ、周辺諸国に革命の波が広がらなかったことで王侯貴族どもは安心してるが、これから先はどうなるだろうな?」

「あなたもその王侯貴族の一人じゃない。嫌ならさっさと勘当でも何でもされて、返上すればいいのに」

「便利なものは持っておくべきだろ? それに放っておいてもそのうち爵位なんてものは何の役にも立たなくなるさ」

皮肉交じりにテラルト国について語るジュリアンに、オパールは嫌味で返した。

それなのにジュリアンは動じないどころかずうずうしく答える。

何を言ってもジュリアンには響かないので、オパールは諦《あきら》めて話題を戻した。

「いくら落ち着いてきていたとはいえ、それでも問題が山積みのテラルト国にミカエルが留学していたのはなぜかしら?」

「王政廃止……君主国家から共和制移行のためとか?」

「それはなかなか過激ね。だから、わざわざミカエルに継承権はないと言わせたの? 反応を見るため？」

「知らないのか？　あいつはテラルト国へ行く前には、ソシーユ王国に留学していたんだぞ？」

「ということは、七年ほど前？　その頃はマンテストの開発のことでいっぱいいっぱいで、知らなかったわ」

「だろうな。滞在していたのは半年かそこらで、我が国のお偉方は金も産出しないような辺鄙《へんぴ》な小国には大して興味を持っていなかったからな」

ヒューバートと結婚していた間は領地再興に忙しく、社交界には顔を出していなかった。

それどころか、マンテスト開発が始まってからは新聞の社交欄も軽くしか読んでいなかったので、その頃の社交界についてオパールはかなり疎い。

だが、ジュリアンの言い方だと、社交界でも話題になっていなかったらしい。

「……たとえ金の産出はなくても、他にもたくさんの宝の山が隠されている国の方の動向に、興味を持たないなんて驚きね。まあ、すべてを国有化されていたから直接的な利益にはならなかったでしょうけど、親交を持てば取引にも有利に働いたでしょうに」

当時のルメオン公国は大公を疫病で亡くし、諸外国からの入国をかなり厳しく規制していた。

さらにエッカルトは開発には消極的で、新たに地下資源を採掘しようとはしていなかったのだ。

ところが、ミカエルがテラルト国に留学した後に、入国制限が緩和され、未開発地域の地下資源の詳しい調査と採掘が開始されたのだった。

そこから採掘された鉱石は、当然のことながら多くがテラルト国へと輸出されている。

その中でホロウェイ伯爵の所有する企業もかなり買い付けできているのだから、さすがとしか言いようがなかった。

また、先代大公が亡くなるまでに契約していたタイセイ王国とは、今でも引き続き取引があるのだ。

「ルメオン公国の宝を狙って三者の争いってところか」

「三者といっても、お父様は新しい鉱山については静観するようよ」

「親父はな。だが、ソシーユ王国が黙ってないだろ？　いくら親父が取引できていても、国としては何の利益もない。あの王はアレッサンドロのようなカリスマ性もなければ、この国のように鉱脈の占有もできない。政治が下手すぎる」

「待って待って。今はルメオン公国のことで、ソシーユの国王陛下を批評している場合ではないわ。それは後にして、一つ一つ整理しましょうよ」

ミカエルの話からルメオン公国の鉱石専売の話になり、ソシーユ王国国王の政治的手腕の話に変わってしまった。

オパールが降参とばかりに両手を上げると、ジュリアンは鼻で笑う。

「待てるか。問題は順番に起こるものじゃないだろ」

「わかってるわよ。むしろ、一つ問題が起これば、あちらこちらで発生するのよ。と言うより、露見するのよね」

馬鹿にしたようなジュリアンの言い方に、オパールはむっとした。

すると、ジュリアンは試すように質問する。

「では、今直面している一番の問題は何だ？」

「エリーが大公に即位すること。エリーの力不足は置いておいても、今までの評判が悪すぎる。そのせいで、国民も貴族たちも不満と不安を持っているわ。国民は今の不満だらけの生活がさらに悪くなるんじゃないか、貴族たちは国が――大公家が鉱石を専売しているせいで自分たちへの利益分配が少なく、このまま他国に奪われてしまうのではないかって」

「まるで富と利権を独占した寵姫一族と、疎外された貴族、酷使された民衆といったところだな」

「……この国にテラルト国のような革命が起こるかもしれないと言いたいの？」

「かもしれない、じゃない。起こすんだよ」

「まさか……」

オパールとしては、大公となるエリーは希望を持てる人物なのだと国民に信じさせることが、第一の優先事項だと考えていた。

そのために、ソシーユ王国で力を持つホロウェイ伯爵子息であるジュリアンを堂々と振ってみせることも必要だろうと。

従兄であるミカエルとの結婚問題はまた別の話だった。

「……そもそも、ミカエルとの結婚話はどうなったのかしら？　本気で結婚を考えているなら、タイセイ王国への旅などエリーに許さないはずじゃないかしら。せめて、旅立つ前に正式に婚約でもするものじゃない？　それなのに、ただの噂で収まっているなんて……」

そこまで呟《つぶや》き、オパールは気づいた。

結婚話が持ち上がらなければ、エリーは家出をしようとは思わなかったはずだ。

ただ流されるままに大公に即位していただろう。

しかし、実際には旅に出てロランと恋に落ちる……はずが失敗。

誘拐も失敗し、無事にルメオン公国へと帰国したのだ。

「やっぱりわからないわ……。旅の許可を出せるのは、エッカルト閣下でしょう？　ミカエルが父親である閣下に頼んだにしても、不自然よね。しかも、エリーが行方不明になったとしてタイセイ王国の責任にしようにも、あのアレッサンドロ陛下相手にそんなことはできるわけがないとわかりそうなものでしょうに……」

エリーとミカエルの結婚の噂について考えていたオパールだったが、結局答えは出せなかった。

単純に、貴族たちが勝手に憶測しただけという説も有力ではあるのだ。

「お前はアレッサンドロを買いかぶりすぎてるな。あの狸親父は確かに抜け目がないが、それでも失敗はする。実際、あの誘拐事件については……」

「何？」

オパールの考えを聞いていたジュリアンは、何かを言いかけてやめた。

どんなに守りを固めても、対象人物が自ら逃げては護衛の難易度は格段に上がる。

あの一連の事件があれほどスムーズに解決し、世間に知られずにすんだのは、オパールの力がかなり大きかった。

だが、それを口にするとオパールを褒めることになるので、ジュリアンは話を逸らした。

「まあ、いい。とにかく、一番読めないのがエッカルトだ。ゲームで言うならジョーカーだな」

「ジュリアン、これはゲームじゃないのよ」

釈然としない様子でオパールが言う。

それを無視して、ジュリアンは続けた。

「最悪のシナリオを一つ回避できたってことで、まずは一点先取」

「……ジュリアンの考える最悪のシナリオは何だったの？」

「過去形か？」

「一つ回避できたのでしょう？　その時点で最悪じゃなくなったわ。それに、これからどんどんシナリオは書き換えていくもの」

ゲームに置き換えていることにもう突っ込まず、オパールは前向きに考えている。

オパールの長所は常に前向きで諦めないことだろう。

絶対に口にするつもりはないが、ジュリアンはオパールのそんなところが気に入っているのだ。

ジュリアンは珍しく馬鹿にする態度を取らず、オパールの質問に答え始めた。

「公女が駆け落ちなり何なりで行方不明になることで、次代の大公を失ったルメオン公国は君主国として存続していくべきか議論が起こり混乱する。各国は大量の鉱石を産出するルメオン公国の利権を巡って争いになっただろう。その場合、有利なのはどこだ？」

「本来なら、圧倒的にタイセイ王国でしょうけど、公女殿下行方不明の責任を負うために、公国の国民からの反発は必至。ソシーユ王国は……テラルト国の革命時に介入を試みて失敗したことから、消極的になる。きっと他の国もそうね。残るテラルト国はミカエルとの繋《つな》がりも強く、すでに君主が存在しない共和制の国であることから、公国の国民から支持を得られやすい。要するに、最悪のシナリオというのは、エリーが行方不明になって、公国が共和制になるということ?」

「だからお前は甘いんだよ、バカオパール。『一波《いっぱ》わずかに動いて万波《まんぱ》随《したが》う』って言葉があるくらいだ。今の世界を見てみろよ。王だの貴族だのっていつまでも威張っていられると思うか? 爵位も何もない者たちが頭を使って金の力で成り上がってきている今、弱い王はあっという間に玉座から引きずり降ろされるぞ」

この問題はルメオン公国だけでは終わらない。

先に共和制を実現したテラルト国が後ろ盾となってルメオン公国が共和制へ移行すれば、それに続こうと各国の民衆が動き出す可能性が高いのだ。

二十年前と違い、今は他国の情報が国民にも簡単に入る。

ジュリアンが先ほどソシーユ国王の批評を口にした意味が、オパールもようやくわかった。

ソシーユ国王だけでなく、今もし革命の波に襲われても動じないでいられるのは、アレッサンドロくらいだろう。

「いずれ、国民主権の時代が来るのは間違いないわ。だけどまだ早い。だからこそ、テラルト国も共和制を掲げながら、理想とはほど遠いものになっているのよ」

テラルト国の議会も結局は貴族たちに埋め尽くされている。

それでも国民は、国王がいた時代よりはマシだと受け入れているのだ。

「お前の言う理想とは何だ?」

オパールは共和制に反対しているわけではない。

すべての人が平等に暮らすことは難しくても、絶対的な身分制度や法の格差をなくし、教育医療の均等化を成し遂げたいのだ。

だが、それを上手く言葉にすることは、オパールにはまだできなかった。

そんなオパールの様子を見て、ジュリアンはまた鼻で笑う。

「理想なんてたいそうな言葉で語るなよ。深く考えすぎても溺《おぼ》れるだけだろ。お前一人がどんなに足掻《あが》こうと、大して変わりはしないんだから。気楽にやれよ」

馬鹿にしているようで、励ましてくれている。

オパールはジュリアンの不器用な……というより、捻《ひね》くれた優しさに、ふんと鼻を鳴らして応えた。

「じゃあ、次は十点取ってみせるわ」

オパールまでゲームのように言うと、ジュリアンは挑発するように問いかける。

「へえ? どうやって?」

「エリーが無事に大公位へ就いて、彼女の目標を達成するお手伝いをするわ。この国の人たちがみんな、生き生きと暮らせるように。明日に怯《おび》えて過ごさなくていいように。未来が明るいものだと信じられるようにするの」

「ふーん」

答えを聞いたジュリアンは、興味なさげに適当な返事をした。

「じゃ、お前はお前で頑張れよ。俺はミカエルと遊びながら、ジョーカーの扱いでも考えるさ」

不穏な発言をするジュリアンに違和感を覚え、オパールはじっと見つめた。

どこかジュリアンらしくない気がするのだ。

そこではっと気がついた。

「消えた収益金ね？　ジュリアンはその行方を調べるつもり？」

「ようやく気づいたか」

「気づいたっていうか、この国を――大公宮を直接見ればわかるもの。今までの鉱石取引で発生した収益がどこにも使われていないって」

「一部の者たちの間では、エッカルトの埋蔵金と呼ばれてるぞ」

「一部の者って、どこの人たちのこと？」

「さあな」

楽しげにオパールの質問をはぐらかすジュリアンこそ、よく知る兄だ。

オパールは思わず天を仰いだ。

「まさかとは思うけど、この国庫に忍び込むつもりではないでしょうね？　もしくは閣下の書斎や私室とか？」

今まではジュリアンが泥棒の真似事をしても、相手も犯罪に手を染めた者たちだった。

しかし、今回はさすがにまずい。

「リュドを犯罪者の甥《おい》にしたら、許さないわよ」

「捕まるようなへまはしないさ。そのために、わざわざ身分を明かしているんだから」

「知ってる？　不法侵入は捕まらなくても犯罪なのよ？　そして捕まれば国際問題に発展するわ。よく私を内政干渉だのなんだのと責めることができたわね？」

「責めたわけじゃない。お前の覚悟を確認したんだよ」

「国際手配される兄を持つ覚悟なんてしていないわ」

オパールは額に手を当てて嘆いた。

ジュリアンが身分を明かしてまでエリーに振られる道化を演じる理由が判明し、頭が痛くなってくる。

大公宮の最深部に潜入するなら、ただの使用人より重要な客人のほうが下調べもしやすく動きやすいだろう。

ひょっとして、前回タイセイ王国へ帰国する客船にジュリアンが乗船していたのは、大公宮への侵入を先に試みた後だったのかもしれない。

もちろん今回はエリーのためでもあるのだろうが、ジュリアンの一番の目的は宝探しな気がする。止めても聞かないのはわかっているので、クロードはオパールにきちんと伝えておくようにとジュリアンに忠告したのだ。

深いため息を吐くオパールを居間に残し、ジュリアンは機嫌よく自室へと去っていった。

6 晩餐会《ばんさんかい》

翌日の晩餐の場では、予想してはいたが歓迎されていないことがありありと伝わってきた。

公女を――次期大公を操ろうとするタイセイ王国からの刺客とでも思われているらしい。

オパールが偽名を使って、先に公国へやって来ていたこともまずかった。

アレッサンドロの配下で、前回オパールが社交界に受け入れられるよう紹介してくれた人物はすでに出国している。

「まさか、紹介いただいたお名前が嘘だったなんて、ずいぶん失礼ではありません？　それでよく、またこの国にいらっしゃることができましたわね」

晩餐も終わり、女性たちだけ先に居間へと移った途端、以前の夜会で一度だけ話をしたウェバー伯爵夫人が息巻いた。

いわゆる社交界の重鎮だ。

エリーは離れた場所で別の夫人の相手をしており、心配そうな視線を向けてくる。

まだ出会ってからの時間は短いが、二人には確かな絆《きずな》があり、オパールは大丈夫だと微笑んでから伯爵夫人に向き直った。

「ご不快な思いをさせてしまったこと、誠に申し訳ございません」

「い、いえ、そこまで怒っているわけでは……」

オパールが座ったままではあったが深々と頭を下げると、伯爵夫人はたじろいだ。

ボッツェリ公爵夫人といえば、タイセイ王国だけではなく、ソシーユ王国でも大きな影響力があり、経済界の中心人物でもあるのだ。

そのような人物がまさかここまで下手に出るとは思わなかったのだろう。

焦る伯爵夫人に、オパールは申し訳なさそうな表情で微笑んだ。

「今回のことは、私の傲慢《ごうまん》さが招いたことですから。理由をお話しさせていただいてもよろしいでしょうか？」

「ええ、もちろんですとも」

夫人はほっとしたように体から力を抜いて頷《うなず》いた。

おそらく公国の社交界での自分の立場を守るためにオパールに対し強く出たものの、緊張していたのだろう。

「ご存じかもしれませんが、公女殿下がタイセイ王国にいらっしゃると決まったとき、国王陛下から殿下のお目付け役を引き受けてくれないかと、打診をいただいたのです。ですが正直なところ、私としては乗り気ではなく、どうにかお断りできないかと思っておりました」

「まあ……。その、理由をお伺いしても？」

オパールは小声ではないのだが、まるで秘密を打ち明けるような身振りで話せば、伯爵夫人は身を乗り出した。

周囲も興味深げに耳を傾けている。

「ええ。失礼ながら、その、公女殿下のお噂は我が国にも届いておりましたが、あまり芳しいものではなく……。とはいえ、陛下からいただいたお話を、噂を理由にお断りすることもできません。ですので直接この国で真相を確かめてからなら、陛下にもご納得いただけるかと参りました。ただ、先に私の正体を知られてしまえば、皆さん取り繕ってしまわれるのではないかと思い、偽名を使わせていただいたのです。それでも、理由はどうあれ、やはり嘘はいけませんよね。改めて、謝罪申し上げます」

「いえいえ、そんな！　きちんとした理由がおありだったのですもの。仕方ありませんわ！　ねえ、皆さんもそう思われるでしょう？」

再びオパールが頭を下げると、伯爵夫人は大げさに手を振った。

そして周囲の夫人たちに同意を求める。

夫人たちも何度も頷き、オパールに非がないことを認めた。

これでひとまず、オパールはルメオン公国の社交界の重鎮たちを味方につけることができたのだ。

次に取りかかるべきは、エリーへの評価を変えさせることである。

「ありがとうございます。そうおっしゃっていただけると、罪の意識も少し軽くなります」

「少しだなんて、そんな！」

「いいえ。私は皆様だけでなく、公女殿下まで騙《だま》していたのですから。ですが、殿下はそんな私を許し、こうして親しくしてくださっているのです。本当にありがたいことですわ」

オパールの言葉に、夫人たちは理解できないとばかりに顔を見合わせた。

そんな夫人たちの中で、やはり伯爵夫人が口を開く。

「不躾《ぶしつけ》なことを伺いますが、公爵夫人はどのようにして殿下と親しくなられたのですか？　無礼は承知ですが、今までの殿下は……公爵夫人が懸念なさっていた通りの方だったのです」

「我《わ》が儘《まま》で尊大だと？」

「そ、そこまでは……」

最後は内緒話をするように、伯爵夫人は小声だった。

前回の夜会では、声高にエリーを批判していた夫人たちだが、さすがに同じ室内にいては憚《はばか》られるのだろう。

ところが、オパールがはっきり口にしたものだから、夫人たちは慄いた。

そんな夫人たちに、オパールはにっこり笑いかける。

「噂がすべて嘘だとは申しません。中には真実も含まれているでしょう。ですが、やはり大げさになるものですよね。面白おかしく尾ひれがついて、人々の興味を煽《あお》るものへとどんどん脚色されていく。私も若い頃にはそれでつらい思いをしたのに、いつの間にかその気持ちを忘れてしまっていたようです」

オパールは嘆くようにため息を吐いて、エリーへと視線を向けた。

エリーはその視線に気づいたように微笑んで応え、こちらへとやって来る。

「公女殿下は、よくある思春期の反抗期そのものでしたわ。私も大人げなくムキになってしまって、お目付け役を引き受けるかどうか迷っていたのも忘れ、陛下にひと月の間、面倒を見ると大見得を切ってしまったんです。それからはもう、生意気なエリーと——殿下との戦いでした。皆様の中でも、お子様が思春期を迎えられた方にはご経験がおありなのではなくて？」

大げさな身振りでオパールが話せば、夫人たちはくすくす笑い、問いかけには頷く者も何人もいた。

そこにエリーが割って入る。

「ひょっとして、私の悪口かしら？」

「こ、公女殿下！」

まさかこのようにエリーが会話に入ってくるとは思わなかったのだろう。

その場にいた夫人たちは慌てて立ち上がり、頭を下げる。

「まあ、皆様。今夜は内輪の会なのですから、そのように畏《かしこ》まらないで、お気を楽になさってください」

「殿下……」

「……寛大なお言葉、ありがとうございます」

「いいえ。寛大なのは皆様のほうです」

エリーが微笑んで言うと、夫人たちは目をぱちくりとさせた。

以前のエリーとの変わり様とその言葉の意味に理解が追いつかないらしい。

エリーが空いていたソファに座ると、皆も困惑しつつ再び腰を下ろす。

「私、皆様にお詫《わ》びしなければと思っていたのです。ずっと我が儘ばかりでご心配をおかけしていたでしょう？　女官たちにも迷惑をかけたことを謝罪しました」

「使用人にまで……？」

ばつが悪そうにエリーが打ち明けると、伯爵夫人が目を見開き呟《つぶや》いた。

皆も唖然《あぜん》としている。

エリーは頷き、一度オパールを見てから続けた。

「自分がいかに甘やかされた子どもだったか、公爵夫人と――オパールと過ごしてよくわかりました。世の中には恵まれない人たちがたくさんいる中で、私は何て幸せなのかということを学び、反省したのです。同時に、今までご迷惑とご心配をおかけした人たちに謝罪したいとも思いましたが、きっと私一人では勇気を出せないと思って……。ですから、今回オパールを招待したのです。彼女がいれば、逃げることは許されませんから」

「あら、それでは私が鬼のようではないかしら？」

「実際、鬼のように怖かったわ。とても厳しくて、泣いても許してくれないんだもの」

エリーは神妙に話しながら、オパールを招待した理由を述べた。

決して、タイセイ王国側に入れ込んでいるわけではないのだと。

オパールも口を挟んでその場を和ませると、皆の警戒心も緩んだようだった。

再びくすくす笑いが起こったところで、エリーは立ち上がって皆に頭を下げる。

「公女殿下！　そのような……」

「どうか、皆様に謝罪させてください。そしてお願いがあります」

恐縮する夫人たちに、エリーは頭を下げたまま。

何事かと、室内にいた女性たち全員がエリーに注目した。

「皆様には、今までたくさんのご心配とご迷惑をおかけしたこと、お詫び申し上げます。そしてもし、お許しくださるなら、未熟な私を導いてくださいませ。私はあとわずかばかりの時間で大公として即位いたします。ですが、正直に言えば怖いのです。その気持ちを上手く伝えることができず、子どものように駄々をこねてしまいました。その時間で皆様に教えを乞《こ》い、学んでいればもっと自信も力も得られたでしょう。そのことを悔やんでもおりますが、まだ間に合うのだと公爵夫人に教えられました。私の周りには経験豊富な方がたくさんおられるのだから、と。ですからどうか皆様、忌憚《きたん》のないご意見をお聞かせくださいませ。そして私をこれから支えてくださいませ」

エリーが謝罪とお願いを述べ終えると、その場は一瞬沈黙した。

だがすぐにわっと沸き、拍手が起こる。

伯爵夫人も立ち上がり、緊張した様子のエリーに近づいた。

「公女殿下、素晴らしいお言葉をありがとうございます。何より、謝罪しなければならないのは私たちのほうです。殿下の不安なお気持ちを本来なら私どもが察してお支えするべきでしたのに、何もせずに離れてしまいました。誠に申し訳ございませんでした」

伯爵夫人の謝罪に続き、皆が次々に頭を下げる。

エリーが初々しく対応していると、伯爵夫人が優しく微笑む。

「もちろん、殿下の先ほどのお言葉通り、私どもは全力で支えさせていただきます。――ので、心しておいてくださいませ」

「お、お手柔らかにお願いします……」

前回で情報収集していたとおり、伯爵夫人は嫌味なところもあるが、基本的には面倒見がよい。

だからこそ、社交界の中心でいられるのだろう。

恐々答えるエリーの可愛らしさに、皆がまた笑顔になっていた。

どうやらこの場にいる夫人たち――この国で影響力の強い夫人たちを味方につけることができたようだ。

すべては計画通りで、オパールはエリーと視線を交わした。

エリーは重要な仕事を終えたようにほっとしている。

もちろんこれはまだ始まりにしかすぎない。

それでもひとまずオパールがこの国に滞在する理由を納得させられた。

何より、エリーが我が儘な小娘ではなく、支えるべき君主なのだと、夫人たちの意識だけでも多少なりとも変えられたのだ。

オパールは小さく息を吐いて、ジュリアンたち男性陣が合流してくるのを見ていた。

7　遊学

身内が異性を口説いている姿を見るのは居たたまれないと、昨日言ったばかりなのだが、今現在見せつけられている。

お酒を男性たちだけで楽しんだ後、居間でお茶を飲む女性たちと合流した途端、ジュリアンがエリーを口説き始めたのだ。

オパールはせめてジュリアンの声を耳に入れないようにと離れていた。

そこへミカエルが近づいてくる。

「――あなたの兄君は本気だと思いますか？」

ミカエルは前置きもなく率直にジュリアンについてオパールに訊《たず》ねた。

「さあ、どうでしょう。正直なところ、兄とはそれほど仲がよかったわけではなく、ずっと疎遠だったのです。ですが、夫とはとても親しく、私も最近になってようやく顔を合わせるようになったばかりで……。ただ、女性関係については噂でも聞いたことがないので、まさかエリーにとは……」

オパールはいつもより多くを語りつつ、戸惑ったように二人に視線を向ける。

「ミカエルはどうお考えなのですか？　エリーとあなたは婚約間近だと伺いましたが、それなら兄の存在は迷惑ですよね？」

「迷惑というより、心配しております。私にとって、エリーは妹のようなものですから、彼女が泣くようなことになってほしくありません。それに……」

「それに？」

オパールは視線を戻し、言葉を濁すミカエルをまっすぐ見つめて続きを促した。

ミカエルは言いにくそうに口を開く。

「二人は年齢も離れ過ぎているでしょう？」

「あら、そうかしら？　確かに十歳以上離れておりますが、社交界ではよくあることではないですか。愛がある結婚のほうが珍しいくらいですもの。もし本当に二人が愛し合っているなら、私は応援したいですわ」

「本当に、ということは、やはり兄君は本気ではないということですか？」

「どちらかというと、心変わりするのはエリーでしょうね。今は単にのぼせているだけかもしれません。彼女は男性に免役がなさそうですから。どう思います？」

「正直なところ、私もエリーとはそれほど仲がよいわけではないのです。私は成人前から遊学に出たので……。ですから帰国して、エリーとの婚約の噂が流れ始めたときは驚いたくらいです」

ミカエルはオパールと同じような言葉でエリーについて語った。

それを面白がって聞いていたオパールだったが、噂についてミカエルが触れると、驚いたように目を丸くする。

「エリーとの婚約について、ミカエルも知らなかったのですか？　では、エッカルト閣下の独断なのですね」

「いえ。父ではなく、周囲の者たちが言い始めたようです。実際、私は未だに父から結婚について特に言われてはいないんですよ」

「まあ……」

オパールが思わず声を漏らすと、ミカエルが苦笑する。

これがミカエルの嘘なのかどうか、見極めるためにもう少し情報を引き出そうと、オパールはわざとおどけてみせた。

「それでは、結婚の話は流れるかもしれないのかしら。だとすれば、兄にもチャンスはまだあるのですね？」

「なかなか難しいと思いますね。あの二人を忌々しげに見ている者が大勢いるでしょう？」

「だけど、閣下は静観していらっしゃるわ」

「父は常にそうなのです。自分では何もしない。何事にも慎重で、伝統を重んじ、変化を嫌う。固定観念に囚われているのです」

ミカエルは父親であるエッカルトを見つめながら、オパールに答えた。

その口調は少々感情的でどこか未熟さを感じさせた。

当のエッカルトはミカエルにもエリーにも関心を向けることなく、招待客と話し込んでいる。

「……とてもピアスがお似合いだわ。綺麗《きれい》なサファイアね」

「え？」

いきなり話題が変わったことで、ミカエルは戸惑ったらしい。

だがすぐに何のことか理解して、右手をピアスへと持っていく。

「ありがとうございます。これはテラルト国で友人から贈られたものなんですよ」

「そうなのですね。ピアスについて、閣下は何かおっしゃっていました？」

「いいえ、別に。気づいてもいないかもしれませんね」

「まさか」

オパールは笑いながら、エッカルトを見た。

おそらくオパールたちの視線には気づいているだろうに、エッカルトはこちらを向こうとしない。

「それほどに目立つピアスに気づかないわけがありません。それなのに何も言わないということは、変化を嫌うわけではないのでは？」

「ですが、父が代理でこの国の施政を担って十年近くになりますが、何も変わっていない。本来ならもっと、この国は豊かになるべきなのです」

オパールが父親の肩を持つような発言をしたからか、エッカルトは顔をしかめて反論した。

「……そのお考えはいつから？」

「それは……遊学に出てからですから、七年ほど前からでしょうか？　とにかく、あなたもおわかりのはずです。技術先進国であるタイセイ王国からいらしたのですから。この国がいかに取り残されているか」

「私は他国の人間ですから、この国についての言及は避けさせていただきます。ただ、ミカエルがそのような考えをお持ちなのも遊学に出てから……閣下がそのように取り計らってくださったからですよね？」

「それはそうですが……」

「エリーも今回のタイセイ王国滞在で、ほんの短い間ではありましたが様々なことを学んだようです。次期大公となるエリーが国外へ出るなど、かなりの冒険だと思いませんか？」

熱く語るミカエルは理想を持った若者そのものである。

だが、オパールに冷静に指摘され、ミカエルは言葉を詰まらせた。

オパールは『冒険』という言葉にミカエルが反応するか注意深く見ていたが何もない。

先ほどの『男性に免疫がない』という言葉も特に気にしていなかったようなので、ロランについても知らないように思える。

伏せられているエリー誘拐事件についても、ミカエルは関与していないのではないかと思えた。

「……人というものは、年を重ねるごとに多くの経験をします。その経験がその人を形作る。ですが、ずっと同じ人たちに囲まれ、同じ生活をして、同じ世界に生きていては、新しい経験は簡単には積めませんよね？」

「ええ、そう思います」

「ならば誰もが新しい経験をしたいかというと、そうでもありません。新しい経験は未知なる恐怖との戦いと大きな疲労を伴うものだと思います。結果がよければ、よい経験が積めた。悪ければ、悪い経験をしてしまった、と考える。どちらも経験には違いありませんが、どうしても人は悪い経験を避けてしまう。そして、親しい人に対しても、同じような悪い経験をさせたくはないと思うもるのです。「ですが、閣下は息子であるあなたに新しい経験を――新しい世界へと進むことを反対されなかった」

オパールはエリーの短い旅についてはもう言及しなかった。

この国に来るまでは、エリー誘拐の黒幕はエッカルトではないかと疑っていたが、ジュリアンはミカエルを怪しんでいる。

二人が共謀していることも考えられるが、このミカエルとの会話でそれも違うのではないかと思えてきたのだ。

オパールはミカエルの反応をじっと見ながら、息子のリュドリックのことを考えた。

この先、リュドリックの前に立ちはだかる危険はすべて取り除いてやりたい。

失敗が目に見えているのに、見守るだけなどできそうにない。

しかし、それではダメなこともわかっている。

そもそもオパール自身が親として未熟なのだ。

（そうよね。親としてどころか、人間としてまだまだ未熟な私が偉そうに言える立場ではないわね）

子どもの頃は、親の――大人の言うことは絶対だと信じていた。

だが、成長するにつれておかしいと思うことや、煩わしく思うことが増えた。

実際に間違っていたこともある。

自分が大人になり、親になった今、子どもにとって正しい親であることがどれほど難しいか痛感していた。

それでも、子どもに誇れるように努力を続けていくしかないだろう。

「――確かに、あなたのおっしゃる通りです。父が許してくれなければ、私は新しい世界を知ることはできませんでした。恵まれた立場にあることを感謝しなければなりませんね。ご不快な思いをさせてしまい、申し訳ありませんでした」

ミカエルはもっと反論してくるかと思ったが、素直に認めてオパールに謝罪した。

初対面時の印象通り、理性的な反応である。

「いいえ、謝罪の必要はありませんわ。私も偉そうに申しましたが、未だに父には反発してしまうのですから」

「ホロウェイ伯爵にですか？　かなり先進的なお考えをお持ちの方だと伺いましたが……」

オパールは微笑みながらフォローの言葉を入れると、ミカエルは意外そうにした。

「社会情勢を見抜く力はありますが、子どもの心には無頓着《むとんちゃく》なようです。きっとどこの親子も相容れないのは一緒なのかもしれませんね」

「周りから冷静に見れば、きっと似た者親子だったりするのでしょう」

「あの父と似ているなんて、それはご遠慮願いたいわ」

ミカエルの軽口にオパールはわざとらしく鼻にしわを寄せた。

それから二人で笑い合う。

思いのほか話をするには楽しい相手であることを認めたとき、笑い声に引かれて何人かが会話に加わった。

そこからは、いかに子どもの反抗期に手を焼いているか、親の理不尽さに腹を立てたかなどで盛り上がった。

やがて会も終了となり、皆が帰宅の途につき始める。

「――ボッツェリ公爵夫人、よろしければ明後日開催予定の我が家でのお茶会にぜひいらしてくださいな」

「ええ、喜んで」

「では、明朝にでも招待状を送らせていただきます」

帰り際にウェバー伯爵夫人から、オパールはお茶会の招待を受けた。

どうやら、エリーの我《わ》が儘《まま》を抑えた方法を詳しく知りたいらしい。

オパールは微笑んで答えながら、そのお茶会でどうやってエリーの味方を増やすかをすでに考え始めていた。

8　街並み

「おはよう、オパール！」

「エリー、おはよう。朝からとてもご機嫌なのね」

「ええ！　だって、すごいんだもの！」

「何がすごいのかは、座ってからお聞きするわ」

「あ、そうね……」

オパールの部屋へとやって来たエリーは、昨日の晩餐会《ばんさんかい》の疲れなど感じさせないくらい元気だった。

朝食を一緒にしようと約束していたので、オパールは読んでいた手紙を置く。

すると、エリーは申し訳なさそうに手紙を見た。

「ごめんなさい。手紙を読んでいる途中だったのね」

「大丈夫よ。クロードからの手紙を読み返していただけだから」

「それって、惚気《のろけ》？　相変わらず仲良しだわ」

オパールがにっこり笑って答えると、エリーは楽しそうにくすくす笑う。

そこへナージャたちがさっそく朝食を運んできてくれたので、封筒に戻した手紙を渡して片付けを頼んだ。

そしてナージャたちが部屋から出ていくと、オパールは話を戻した。

「手紙の内容がとても面白かったから、もう一度読みたくなったの。どうやら今度はクロードが陛下にヴィンセント殿下のお目付け役を頼まれたみたい」

オパールが手紙の内容を話すと、エリーはもっと声を出して笑った。

「それはクロードが気の毒だわ。叔父様って、人使いが荒くて本当に酷いわよね」

「エリー、あなたがそれを言うの？」

「私だから言えるのよ」

確かにエリーの言う通り、アレッサンドロは人使いが荒い。

クロードは文句を言いながらも、ヴィンセント王子をボッツェリ公爵領に連れていくことにしたようだった。

ボッツェリ公爵領はいつか王家へ返還することになるだろう。

そのために、ヴィンセント王子を公爵領地の土地管理人であるダンカンの許で修業させるようだ。

いったいどんなことになるのか想像すると、オパールはおかしかった。

ちなみに、ダンカンはリュドにかなり甘い。

いつもは厳格なダンカンがリュドに対してだけ人が変わったように優しくなるのだから、きっとヴィンセントは戸惑うだろう。

オパールはどうにか笑いを収め、本題をエリーに振った。

「それで、何があったの？」

「ああ、そうそう。簡単に言えば、周囲の私への態度が変わったってことが言いたかったの」

「どんなふうに？」

目尻《めじり》の涙を拭《ぬぐ》いながら言うエリーに、オパールは笑顔のまま促した。

エリーは自慢げに答える。

「女官たちはみんな、今までずっと私に対して事務的というか、感情がないのかと思うくらいだったの。それが、昨日の夕方に私が謝罪してから、ときどき笑うようになったわ！　嘘くさくない笑顔でね！」

「それは嬉《うれ》しい変化ね」

「ええ！　まだぎこちなくはあるけれど、それはお互い様だと思うし、焦らないでいるわ。急に変われるものでもないから」

エリーは本当に嬉しそうで、わくわくしている気持ちが伝わってくる。

それでも、自分も周囲もすぐには変われないことを冷静に把握していた。

「……人は自分を映した鏡だと言うものね。エリーが楽しそうに笑っているから、私まで笑顔になってしまうわ。きっとみんなもそうじゃないかしら。不機嫌な顔をしていると相手も嫌な気持ちになるでしょうし、泣いていると悲しくなってしまうもの」

「確かに……。今までの私はずっと不機嫌で、何かに腹を立てていたわ。そんな私にみんな怯《おび》えていたし、陰で悪口を言っているのはわかっていたの。もちろん今はまだ、私自身がぎこちないからみんなも慣れないのかも」

「最初はぎこちなくても、気がつけば自然にできるようになっているわ」

「それならいいんだけど……」

「ただし、エリーには慣れないといけないことがたくさんあるけれどね」

「何だか自信がなくなってきたわ……」

オパールと話しているうちに、エリーの浮かれた気持ちは萎《しぼ》んできてしまったようだ。

余計なことを言ってしまったかとオパールは考えたが、急がなければならないこともあるのだ。

「今すぐ自信を持つ必要はないわよ。ただ実行あるのみ。結果は後からついてくるものなんだから、自信もそのときでいいの」

「じゃあ、まず実行しなければならないのは何だと思う？」

「そうね。まずは明日の伯爵夫人のお茶会で、エリーが変わったのだと――変わりつつあるのだと思わせて、支援者を増やすことね」

オパールの励ましで気を取り直したらしいエリーは、明日の予定を聞いてげんなりしたようだ。

「私……あの方が一番苦手なの。招待状が届いたときには欠席しようかと思ったくらいよ」

「あら、昨晩はとても見事に振る舞えていたのに？　それに、一番の苦手を克服できたなら、後が楽に思えるわよ」

「オパールって、前から思っていたけど、見かけと違って全然優しくないわ」

にこにこしながら言うオパールに、エリーがぼやく。

それを聞いたオパールは嬉しそうに声を出して笑った。

「それって、優しそうに見えるってこと？　初めて言われたわ。ありがとう」

「初めて？　そんなことはないはずよ」

「本当よ。今までは『ふしだら』とか『魔性』だとか、一番多かったのは『生意気』ね」

「それは全部、負け惜しみじゃない。でも、それを言わせるだけの力がオパールにはあるってことよね。みんなオパールに興味津々なんだわ」

「そう言われれば悪い気はしないわね。ありがとう、エリー」

気遣う言葉をきちんと口にするようになったエリーに、オパールは微笑んでお礼を言った。

反抗することをやめたエリーの優しさに皆が気づくのも時間の問題だろう。

「明日はきっとたくさんの人に囲まれるはずよ。それで、いったい何があってそんなに変わったのかと訊《き》かれると思うわ。どう答えるのが一番かしらね？」

「オパールに何度もお尻《しり》を叩《たた》かれたとか？」

オパールの問いにエリーが冗談で答える。

「やめて。昨夜せっかく上げた私の好感度が落ちてしまうわ」

わざとらしくショックを受けたようにオパールが言うと、今度はエリーが声を出して笑う。

「じゃあ、私が船上で詐欺師に引っかかりそうになったとき、悪女のふりをして助けてもらったとか？」

「悪女のふり、の部分はいらないいんじゃないかしら？　普通に助けてもらったっていうほうが私の印象がよくなるわ」

「ええ？　オパールの印象をよくするんじゃなくて、よくしないといけないのは私の印象よね？」

「では、二人の印象をよくしましょう」

エリーとこの国の未来を考えると、本来ならもっと深刻にならなければいけないのだろう。

しかし、オパールたちは楽しげに笑いながら、次の作戦を考えていった。

その日の午後。

オパールとエリーはミカエルから誘われ、お忍びで街へ出かけることになった。

当然ジュリアンも同行している。

「大公宮からそれほど離れていないのに、少し寂しい場所ね……」

馬車の車窓から街並みを眺めながら、エリーが呟《つぶや》いた。

ミカエルが向かっているのは都の中心部から少し離れた場所のようだ。

あまり治安がよくないのだろうことが街並みからわかる。

「そうね。私たちが馬車から降りると、浮くかもしれないわね」

婉曲《えんきょく》に言いながら、オパールはちらりとミカエルを見た。

馬車の車体は地味なものなのでそこまで街並みから浮いてはいないが、オパールたちは服装を地味にしていてもまとう雰囲気が違う。

そもそも馬車に騎馬の護衛がついている時点で、浮いているのだ。

ミカエルはオパールの視線を受けて、何か言いたければどうぞとばかりに肩をすくめた。

「ずいぶん回り道をするんですね？　僕たちが向かっているのは劇場でしょう？」

「そうですが、せっかくなのでこの街並みも見てもらえたらと思ったのです。ほら、お二人とも色々な街をご存じでしょう？　この国をどう思われます？」

「なぜ私たちに質問するのですか？　まずはエリーに質問するべきではありませんか？」

「ですが、エリーは何も知りません」

オパールとジュリアンの問いに答えたミカエルは、はっきりエリーが無知だと言い切った。

エリーの顔色が一瞬で悪くなる。

オパールはかっとなって言い返しかけたが、向かいに座るジュリアンに目で制されてしまった。

確かにここでオパールとミカエルが言い合っても意味がないのだ。

エリー自身がこの悪意に立ち向かわなければ、今後すぐに心が折れてしまうだろう。

「……ミカエルの言うとおり、私は何も知らないわ。でも、私にだって意見は――考える力はある。だから、はじめから私を無視しないで。私の意見を聞いて、間違っていたらちゃんと教えて！　ここは私の国なんだから！」

エリーは泣きそうになりながらも涙を堪え、しっかりと自分の意見を主張した。

オパールは隣に座るエリーの手に優しく触れ、褒めるように励ますように微笑んだ。

それから驚いているミカエルをまっすぐに見つめる。

唖然《あぜん》としていたミカエルは、オパールの無言の怒りを感じて我に返ったようだった。

「す、すまない、エリー。悪気はなかったんだ」

オパールが大嫌いな言葉で謝罪するミカエルに、怒りが高まる。

だが、ここはオパールではなくエリーがどう受け止めるか、許すかなので、黙っていた。

そんなオパールを見て、ジュリアンはにやりとしつつ黙っている。

「……許すわ、ミカエル。悪気はなかったというのもよくわかっているもの。ミカエルは昔から独善的で短絡的、それが変わっていないということもよくわかったから」

エリーのこの許しの言葉には、ジュリアンも耐えきれなかったようで噴き出した。

オパールも笑わないでいるために唇を噛《か》んだほどだ。

どうやらエリーの嫌味にミカエルも気づいたらしく、苦笑している。

「本当に悪かったよ、エリー。私が……私たちが何も知らなかったのは、周りの大人に何も教えてもらわなかったからだ。私も遊学するまで、そのことにさえ気づかなかった」

謝罪としては及第点にもならないが、オパールは黙っていた。

本当は「それでもあなたは遊学を許されたじゃない」と言ってしまいたかった。

エリーはずっと、大公宮から出ることさえ許されなかったのだから。

オパールがジュリアンを見ると、白々しく肩をすくめた。

子どもの頃、オパールが寄宿学校に行きたいと何度言っても叶《かな》えられなかったことを、ジュリアンは知っているからだ。

そもそも女子を受け入れてくれる学校などなかった。

母をずいぶん困らせてしまったが、それでも学ぼうとすることをやめさせるどころか応援してくれたのだ。

それは父も同様で、王都から優秀な家庭教師を派遣してくれた。

自分はかなり恵まれていたと思うのと同時に、オパールは自分の意欲と努力に自信を持っている。

その自信がオパールの強さでもあるのだが、エリーはこれからなのだ。

ミカエルの言葉に傷ついただろうに、きちんと反論し、嫌味まで言ってのけたのだから、きっと大丈夫だろう。

「それで、エリーはこの街並みを見てどう思ったの？」

ミカエルの代わりにオパールが問いかけると、エリーは一瞬怯《ひる》んだ。

しかし、すぐに気を取り直したようだ。

「私は……タイセイ王国を訪問するまではずっと、記憶にある限り大公宮の中で過ごしていたから、街というものを知らなかったわ。王国に行くまでも拗《す》ねていたから馬車から街並みを見ようなんて思いもせずにカーテンを閉めていた。だけどタイセイ王国でオパールと一緒に……」

そこでエリーは一度言葉を詰まらせた。

誘拐されたことや娼館に閉じ込められたことなどは言えない。

ミカエルだけでなく、ジュリアンも知らないことになっているのだ。

エリーはオパールに悪戯っぽい笑みを向けてから続けた。

「……オパールと色々なものを見て、体験して、自分がどれほど世間知らずなのかを知ったわ。それで帰国してからは、馬車のカーテンを開けて街並みを見るようにしたの。そうしたら、タイセイ王国との違いがあまりに明らかで、都でさえも見劣りすることに気づいたわ。何より、そこに暮らす人たちの表情が全然違う。王国ではもっとみんな生き生きしていた。だから私、この国の人たちも同じように笑顔で暮らしてほしいと思っているの。そうなるように私は頑張るわ。だから、この街並みを寂しいと感じないように、物理的に豊かになるのはすぐには無理でも、みんなの心だけでも豊かになるようにしたい」


エリーが口にした言葉は、拙いながらも大公に就いてからの意気込みを感じさせた。

だが、ミカエルはふうっとため息を吐いて水を差す。

「エリーの意見は素晴らしいとは思うけど、それはただの理想論であって、具体策は何もないよね？」

「それは……」

エリーが言い淀《よど》むと、オパールが発言する間もなく、なぜかジュリアンが声を出して笑った。

これはきっとジュリアンが言いたいことを言ってくれると判断して、オパールは口を閉じる。

「ミカエル、君は何を言ってるんだ？　この街並みを見てどう思うかの意見を聞いたのだから、エリーが意見を言ったのは当然じゃないか。会話の仕方を知っているか？」

ジュリアンの言い方はかなり煽《あお》っており、オパールは頭を抱えたくなった。

わざわざミカエルを敵に回さなくても、とそこまで考えて、もうすでにジュリアンは敵認定されているのだと思い出した。

「た、確かに今のは私の言い方が悪かったかもしれません。ですが、エリーの意見が理想論でしかないのはわかっているでしょう？　具体策もなく理想を語るだけなんて、誰にでもできます」

「だからさ、誰にでもできるできないじゃないんだ。エリーは意見を述べた。それだけだろ？　しかも具体策がないなんて、どうして断言できるんだ？　もしなかったとして、君はどうしたいんだ？　エリーを責めるだけか？」

ジュリアンの口調はいつの間にかくだけたものになっている。

そのせいで印象は軽いが、その内容はかなり厳しい。

ミカエルが言いたいこと――オパールやジュリアンの口から言わせたかったのは、この国を低く評価する言葉なのだろう。

オパールもジュリアンもそれをわかっているからこそ、腹立たしく呆《あき》れてもいた。

ミカエルは自分の国を愛そうとせずに他国と比べて貶《おとし》め、エリーがこれから自国をよくするために取り組もうとする気力を挫《くじ》いている。

「私は――」

「二人とも、いい加減にしてくださらない？　この街並みもこの国の問題も、エリーを抜きに語れないでしょう？　そして私はエリーの理想を少しでも現実に近づけるためにここにいるの。ジュリアンもミカエルも邪魔をするなら、何も言わないで。ただ指をくわえて見ていればいいわ」

ミカエルが何か言いかけたが、オパールは強引に遮った。

これ以上ミカエルの馬鹿げた言葉でエリーを傷つけたくなかったのだ。

オパールはエリーの手を握り、にっこり微笑みかけた。

「エリー、今の意見はとても立派なものだったわ。以前も言ったけれど、為政者にとって大切なものは信念――理想を持つことよ。エリーには理想が――目標がある。目標がなければ、目指す道がわからないもの。そして、目指すべき道があるなら、一人で進む必要はないの。具体策なんてものは、目標があってこそのもので、一人で考えるものでもないわ。そのために私はあなたの傍にいるんだから」

オパールはそこまで言うと、目の前に座るジュリアンとミカエルに向けてわざとらしくため息を吐いた。

そしてエリーに視線を戻す。

「子どもっぽいケンカをしているジュリアンやミカエル、それからエッカルト閣下やお偉方のおじさんたち、伯爵夫人にだって知恵を借りればいいのよ。私たちはほんの少しだけどエリーより長く生きているのだから、エリーより知恵も経験もある。それを使わない手はないわ」

「……みんな協力してくれるかしら？」

「協力させるのよ。でもそれを考えるのは後にしましょう。劇場に着いたみたいだから」

遠回りしたものの馬車は劇場前に到着したところだった。

ミカエルはまだ何か言いたげだったが、ジュリアンはそれを無視して扉を開けるよう外に合図を送る。

すぐに扉は開かれ、ジュリアンが先に降りてエリーへと手を貸した。

ミカエルはしぶしぶといった様子で馬車から降り、オパールに手を差し伸べる。

「ミカエル、誘ってくれたのはあなたよね？　もう少し笑顔でもいいと思うのだけれど？」

「……おっしゃるとおりですね。失礼しました」

「いいのよ。あなたにはあなたの理想があるのでしょうから、その具体策も含めて帰りにお聞きするのを楽しみにしているわ」

「それは……」

オパールが朗らかに言うと、ミカエルは言葉を詰まらせた。

ミカエルがテラルト国で何を見てあそこまで偉そうに言えたのか知りたい。

今もミカエルの護衛は服装こそ簡素だがすぐ傍にいる。

オパールがちらりと護衛に目を向けると、冷ややかな視線が返ってきた。

どうやらオパールもジュリアンも警戒されているようだ。

オパールは前へと向き直り、ため息をのみ込む。

ミカエルが自分の言動が矛盾していることに気づいていないのなら、彼こそ大口を叩《たた》くだけの理想主義者だろう。

具体策について他国のオパールやジュリアンには言いたくないのかもしれないが、逃がすつもりはなかった。

その気持ちを込めて、オパールはミカエルの腕に添えた手に力を入れたのだった。

9　理想

ミカエルに誘われて見た演劇は、テラルト国の二十年ほど前の革命を、現政府側に都合よく脚色した感動的なものだった。

こんな演目の上演を許しているのは、当のテラルト国かこのルメオン公国くらいだろう。

オパールは困惑しつつもその思いを隠し、帰りの馬車に乗り込んだ。

「――さて。それでは、話してくれるわよね、ミカエル？」

「何のことだ？」

馬車が走り出し、オパールが約束通りミカエルに話を振ると、ジュリアンが疑問の声を上げた。

「ミカエルの理想と具体策よ。行きの馬車であれだけエリーに自信ありげに言っていたのだから、ミカエルにはちゃんと具体策まであるということでしょう？　だからこそ、私たちに街並みを見せて意見を求めたのよね？」

「ああ、それはもっともだな」

オパールが説明すればジュリアンは納得したらしく、座席に背を預けて聞く態勢に入る。

エリーからの興味深げな視線を受けて、ミカエルは仕方なくといった様子でため息を吐いた。

「私はこの国の貧富の差をなくしたいと思っています。この国の主な産業は数多くある鉱脈から産出される鉱石ですが、採掘する者たちは重労働を強いられていながらあまりに賃金が安い。そんな彼らが命がけで掘り出した鉱石は外国へと流れ、受け取るはずの代価も曖昧《あいまい》な帳簿でろくに管理もされておらず、収益の大半はどこかに流れている。国民に還元されず、貴族ばかりが働きもせず贅《ぜい》沢《たく》に暮らしていることが私は許せないのです」

ミカエルはこの国の現状を嫌悪するように、端整な顔をゆがめて話した。

その訴えは素晴らしいものではあったが、オパールとジュリアンは心動かされることもなかった。

そんなことは今さら言われるまでもないことで、エリーもすでに問題視しているのだ。

「許せないのはわかったが、それで具体策は？」

白けた調子でジュリアンが訊《き》く。

ミカエルは思っていたような反応をオパールとジュリアンからもらえず、戸惑っているようではあったが続けた。

「この国の貧富の差は、社会的格差です。まずは身分制度をなくし、階級社会からの脱却を図ります」

「それは要するに、あなたも身分を放棄するということ？」

「当然です」

「だけど、他の方々が納得するかしら？」

「納得させるしかないでしょう。この国の大多数を占めるのは、労働者階級です。彼らが動けば、有爵者たちも無視できない」

ジュリアンは相手にするのも馬鹿らしいと思ったのか、腕を組んだまま何も言わない。

そのため、オパールが詳しい内容を訊いていくしかなかった。

しかし、その内容はとても危険なもので、エリーは怯《おび》えたようにオパールの手を握る。

「今、あなたの目の前に座るエリーのことは？」

「まずはエリーが即位しないと宣言すればいい。エリーだって大公の座に就いたとしても、何かできるとは思わないだろう？　所詮《しょせん》、古い考えに囚われた老人どもにいいように操られるだけだ」

「あなたは先ほどのエリーの目標を――意見を何も聞いていなかったの？」

「もちろん聞いていました。だからこそ、私の意見も――目標も話しているのです。エリーだって言っていたでしょう？　みんなを豊かにしたい、と。ならば、大公の位など捨てるべきです」

昨晩、話をしたときから予想はしていたが、ここまで急進的だとは思っていなかった。

エリーはショックを受けたというよりも、唖然《あぜん》としている。

オパールは冷静さを保ちながら、さらに問いかけた。

「ミカエルはこのルメオン公国を共和制にしたいのかしら？」

「おっしゃるとおりです。国民の代表が国政を行う。国というものは民がいてこそ成り立つものなのですから、これ以上国民を置き去りにした政策など無意味どころか害でしかないでしょう」

「では、共和制に移行するための具体策は考えているのね？」

「はい。まずはエリーが大公位を辞退するとともに、共和制移行を宣言します。当然、混乱を招くでしょう。先に共和制を成し遂げたテラルト国は、革命によって多くの血が流れました。その失敗を踏まえ、無血革命を行うためにはエリーが民の側につくことが重要なのです」

「先ほども言ったけれど、エリーとあなただけじゃ、他の……有爵者たちを納得させられないわ。彼らには財産があるだけでなく、国軍の将校のほとんどがその家系の方たちでしょう？　退位どころか武力行使で廃位させられてしまうわよ」

「争い、血を流すことは誰だって嫌なはずですから、話し合いで解決します。オパールもおっしゃっていましたよね？　誰だって経験のないものは怖い、と。皆が平等に生きる社会について、私たちは経験がない。ですから、怖がらなくてもいいようにしっかりした説明が必要ではありますね」

これは、具体策でも何でもない。ただの具体的な理想だった。

オパールは頭が痛くなってきていたが、ジュリアンは退屈そうにあくびをしている。

問題は、エリーがその理想に引き込まれそうになっていることだった。

「……ミカエル、その夢のような計画が実現したとして、共和制になったこの国でいったい何がしたいの？」

「選挙をします」

「……共和制なのですから、まあそうでしょうね。どういう選挙かは別として」

オパールもいい加減に呆れてぼそりと言わずにはいられなかった。

テラルト国が共和制になり、選挙が行われているとはいえ、議員として立候補するには推薦人だけでなく、候補者になるための多額の金——供託金が必要なのだ。

さらには選挙権を得るにもお金がいる。

要するに、平等とは大きくかけ離れているのだった。

「それで？　選挙して、議会を発足させて、いったい何がしたいんだ？」

ついにジュリアンが口を開いたが、面倒くさそうなことこの上ない。

しかし、ミカエルは笑みを浮かべた。

どうやら、ジュリアンが興味を持ったことが嬉《うれ》しいらしい。

すでに感じていたことではあるが、やはりミカエルは政治経済の話を女性とするのは無駄と考えているタイプのようだ。

そのタイプの男性たちと違い、オパールに対しては礼儀正しく応対していたが、エリーにはあからさまに態度に出ていた。

「先ほども言ったように、貧富の差をなくしたいのです。それには社会格差や階級格差だけでなく、地域格差もなくすべきです。今、この国は地方と都市部の格差があまりに大きい。鉄道は鉱石を運ぶためにあり、人や物資は二の次です。ですから、この国の隅々にまで鉄道網を張り巡らせて貧しい地域に物資を届けるのです。また、ひとたび嵐に見舞われれば、陸の孤島であるこの国は本当に孤立してしまう。その対策として、海路だけでなく、しっかりした陸路を確保する必要があるのです。そのためにも、鉄道でテラルト国と繋《つな》がれば安心を得ることができます。もちろん、貿易の新たな窓口としても大きな役割を果たします！」

オパールはミカエルの様子に首を傾げた。

ジュリアンも若干引いている。

ミカエルは今までの生真面目な態度から一転して、子どものように目を輝かせているのだ。

そこにエリーが冷めた声で口を挟んだ。

「結局、国のためって言うけど、ミカエルは鉄道事業を行いたいだけじゃない。昔から好きだったものね。それで鉄道だか汽車だかについて学ぶためにわざわざ遊学に出たんだから」

エリーの発言に、今度はオパールが唖然とし、ジュリアンはまた噴き出した。

途端にミカエルは顔を赤くする。

「ち、違うよ、エリー。確かに汽車は大好きだが、これはこの国のためなんだ。今まで鉄道を敷くにも、レールも汽車も輸入頼りだっただろう？　それをこの国で作ればいいんだよ。もちろん技術者は招聘《しょうへい》しなければならないが、材料となる鉄鉱石も石炭もある。本来、心配しなければならない初期投資費用だって問題ない。この国には今、莫大《ばくだい》な財産がどこかに隠されているんだから、それを使って鉄道事業に取り組めば、新たな産業も生まれ、地方も活性化する。さらには、山間にある農村部に魚介類を運べるし、漁村部には農村部で育てた農作物を届けることができる。また、輸出だってできるよね。そうすれば、鉱石だけでなく、農村部だって外貨を稼ぐことができるんだ。みんなが平等になれる社会に近づくと思わないか？」

必死にエリーへ説明するミカエルは、はじめの印象とかなり違う。

政治経済の話は女性にわからないと考えているというより、鉄道事業について女性は興味がないと思っているのかもしれない。

そもそも、それほど深く考えていない気もしてきていた。

資金についても、簡単に「隠された財産」などと口にしている。

まさかと思いつつ、オパールがちらりとジュリアンを見ると、同じように考えているのがわかった。

ジュリアンもまたオパールをちらりと見て、にやりと笑う。

「ミカエル。それ、共和制じゃなくてもできるだろ？」

「……え？」

ジュリアンのあまりに単刀直入な正論に、ミカエルの時は止まったようだった。

10　お茶会

「やられた。まさか、ミカエルがただの鉄道馬鹿だったとはな」

「ジュリアン、馬鹿は言い過ぎよ。ただちょっと……鉄道愛が強いだけで」

「その言い方もどうかと思うぞ」

オパールとジュリアンは大公宮に帰り、客間へと引き上げたところだった。

ジュリアンは着替えもせずに居間のソファにどすんと座る。

オパールはジュリアンのぼやきに突っ込みつつ、ソファの向かいに座った。

本当は着替えたいが、気まぐれなジュリアンと会話できる機会を逃すのは惜しい。

「間違いなくテラルト国の影響だとは思っていたけれど、あそこまで酷いとは予想外だわ。今のところ、ミカエルと繋がっていそうな人は見当たらないけれど、大丈夫かしら？」

「客人としてではなく、従僕か何か、使用人として潜り込んでるかもな」

ミカエルがあそこまで共和制にこだわるのは、テラルト国での留学経験が大きいのはわかっていた。

だが、感化されたというよりも洗脳されたと考えて間違いない。

だとすれば、ミカエルの見張りとでも言うべき人物が傍にいるはずなのだ。

先ほど目が合った護衛が頭に浮かんだが、ミカエルほどの身分の者に他国出身の護衛はつかないだろう。

「それで、彼らの狙いはこの国の乗っ取り？　それとも隠されているとかいう財産？」

「どっちもだろ。ただこうなってくると、エリー誘拐について、ミカエルは知らない可能性のほうが高いな。あとはエッカルトだが……」

ジュリアンは言いながら考え込み、黙ってしまった。

エリー誘拐事件にミカエルが関わっていないのなら、テラルト国の過激派による独断的な犯行。もしくは、エッカルトの関与が濃厚である。

エッカルトとテラルト国の過激派が繋がっているのなら、そもそもエリー誘拐など必要ない。

「とにかく、ミカエルは『一』ってことよね？　可愛い従妹に悪い虫がつきそうだから叩《たた》き潰《つぶ》したいってこと」

「おい、内容が変わってるぞ」

「それなら、ミカエルの背後にいる過激派は『四』で間違いないのかしら？　エリーと結婚でもされたら強力な後見になってしまうからジュリアンを殺してしまえって。エリーを誘拐するくらいだもの。タイセイ王国とルメオン公国の争いに発展することを狙っていたと考えられるわね」

「お前の推測内容はともかく、過激派の仕業と考えるのが妥当だろうな」

オパールの推測に今度はジュリアンが突っ込みつつ立ち上がった。

そのまま自室への扉に向かう。

「俺はこれから腹痛か何かで二、三日寝込むから邪魔させるなよ」

「ジュリアンこそ、邪魔しないでね。お大事に」

手を振りながら去っていくジュリアンに声をかけ、オパールも自室へ向かった。

ジュリアンは隠された財産とやらを探すために、またどこかに潜入するつもりなのだろう。

オパールはナージャに着替えを手伝ってもらいながら、ジュリアンのことをどう誤魔化すか頭を悩ませたのだった。


翌日。

オパールはエリーとともに、伯爵夫人主催のお茶会へと馬車に乗って出かけた。

「オパール、昨日はミカエルがごめんなさい」

「あなたが謝る必要はないわ、エリー。それに、ミカエルも何か悪いことをしたわけでもないんだから」

「だけど……」

オパールは不安げなエリーの手を軽く叩いて微笑んだ。

「ミカエルの言っていたことは素晴らしいことよ。ただ今のままでは実現がかなり難しいだけ。でも、エリーならできることも多いわ」

「退位とか？」

「そうしたいの？」

「わからない……」

やはりミカエルの話を聞いて、いろいろと考えてしまっているらしい。

もし、エリーがどうしても即位したくないと言うのなら、助けてあげたかった。

だがまずは、前向きに助けたい。

「例えばの話だけれど、とある共和制の国で選挙が行われ、新しい議会が発足したとするでしょう？」

「え、ええ……」

「一人は私、他にはアレッサンドロ陛下、クラース子爵夫人、ウィタル男爵夫人の四人が議員に選出されたとして、議会は多数決で最終決定が行われる。それで何かを決議できると思う？」

「すごく難しいと思うわ。多数決だと二分してしまうもの」

エリーはオパールの話を聞いて、鼻にしわを寄せて答えた。

タイセイ王国で不当に女性たちを働かせ、オパールに対抗していた二人の夫人たちの名前を出したからだろう。

「そうとも限らないわよ？　たとえば『すべての女性は家に閉じ込めておくべきだ』という議案なら、少なくとも三対一で否決されるわね」

「確かに……」

「では、多数決のために議員をもう一人増やすことにしたとして、クロードが選出されたらどうなると思う？」

「たいていの議案で、三対二となってオパールたちの意見が通ると思うわ」

「そうね。では、もう一人選出されたのがクラース子爵だとしたら？」

「反対に、クラース子爵夫人たちの意見が通るでしょうね」

「たとえ一票差でも、大きく議決内容が変わってしまうのが多数決というものよ。議会ではもちろん決議するまでに話し合いがもたれるけれど、最終決定は多数決になることが多い。それが民意でもあるから。だとして、これからミカエルの言うような国にするために必要なのは何だと思う？」

「……資金？」

エリーは公国の消えた財産については知らないらしい。

本当に今まで何も教えられていなかったことに、オパールは内心の怒りを隠して続けた。

「そうね。まずはお金が必要最低限だわ。では他に必要なのは？」

「ええっと……技術者？」

「正解ね。鉄道網を発展させるなら、もちろん技術者は必要だわ。だけど、今この国で何より必要なのは決断力と実行するまでの早さよ」

「決断力と実行する早さ……」

エリーは声に出して繰り返した。

オパールは頷《うなず》いて、エリーが尻込《しりご》みしませんようにと祈りながら説明する。

「ミカエルが言っていた国中を網羅する鉄道というのは、素晴らしい考えだと思うわ。まあ、国中というのはやり過ぎだけれど、重要な地域を繋げば地域格差は多少の差はあっても確実に減るわ。それはタイセイ王国でも実践済みだから間違いない。もちろんすべて平等には無理でもね。ただし、どこから鉄道を敷くのか、この地域に鉄道はいらないのではないか、そもそも本当に鉄道は必要なのか、なんて議論が生まれるのが議会よ。議員たちはそれぞれ自分や選出してくれた人たちの利益になるようにしたい。それが絶対に悪いことというわけではなく、民意を表しているのだから仕方ないことではあるけれど、議論している時間がもったいないと思わない？」

「そうね……」

「タイセイ王国が疫病と内乱の混乱からあんなに早く復興し、先進国となっているのも、アレッサンドロ陛下の迅速な決断力と実行力のおかげよ。当然、陛下一人で成し遂げられたわけではないわ。クロードやバルバ卿《きょう》など多くの人たちの支えがあってこそだもの。あら、この話は少し前にもしたわね？」

タイセイ王国での一日だけの観光で、王都の噴水広場にお忍びで行ったときに話した内容によく似ている。

オパールが自分で指摘すると、エリーも思い出したようで微笑んだ。

「あのときのモモの果実水はとても美味しかったわ」

「果物の串《くし》もね」

オパールが付け加えれば、エリーはくすくす笑った。

その顔からは緊張が抜けている。

「私、忘れるところだったわ。私の目標はこの国のみんなが生き生きと笑って暮らせるようにすることだもの。自信がないからって、逃げるわけにはいかないわよね」

エリーはあの日の誓いを思い出したらしく、すっかり気持ちを落ち着けていた。

オパールはほっとして、窓の外をちらりと見た。

ちょうど伯爵家に到着したようだ。

「では、これから協力者を増やしましょう。今まで敵だと思っていた人が味方してくれると、とても心強く思えるわよ」

「本当に味方になってくれるかしら……」

「心配しなくても、ここに集まっているのは乙女をバリバリ頭から食べてしまう怪物ではないわ。エリーが健気な頑張り屋さんだと知れば、庇護欲《ひごよく》をくすぐられて甲斐甲斐《かいがい》しく世話をしてくれる親鳥のような人たちよ」

オパールの言葉に、エリーは笑いながら首を横に振った。

「私、健気ではないわ」

「そこは演技力を発揮するしかないわね」

「演技力もないわよ」

「あら、ジュリアン相手には、昨日の演劇俳優よりも立派に演技できていたじゃない。大丈夫。あなたが劇場に立てば、一躍人気女優よ」

「それは無理よ」

ついにエリーが声を出して笑いだした。

その笑い声は車外まで聞こえていたらしく、馬車から降りると出迎えの伯爵夫人たちは目を丸くしている。

「さあ、舞台は整ったわ」

オパールが小声で言えば、エリーは笑いを堪えて唇を噛《か》んだ。

すると、両頬にえくぼができる。

今までオパールも気づかなかった愛らしいえくぼに、夫人たちも目を引かれていた。

それから始まったお茶会は、エリーが変わったのだと、大公として支えるべきか弱き娘なのだと印象付けるには十分な時間となったのだった。

11　視察

伯爵夫人のお茶会から数日後には、エリーは大公となるために努力していると民衆の間でも噂され始めていた。

おそらく、アレッサンドロの部下が密かに広めているのだろう。

その間もエリーは名のある政務官たちを教師として部屋に招き、公国について学んでいた。

当然、オパールは付き添い役として同席している。

しかし、オパールについてあれこれ言う者はいなくなっていた。

エリーは大公となるために真剣に学んでおり、その熱意はタイセイ王国に支配されるのではという人々の不安を払拭《ふっしょく》させるほどだったからだ。

とはいえ、未熟すぎる点に関しては、授業の後にオパールが補足して教えなければならなかった。

教えておくべきことはまだ多く、付け焼き刃では今後のためにならないのだが、時間が足りない。

そこで、以前から考えていた強硬手段を取ることにした。

「エリー、叔父様に鉱山の視察に行くと伝えましょう」

「私が？」

「ええ、そうよ。私も一緒に行くけれど、エリーが一人で伝えるの。それも、お願いというよりは視察に行くことは決定済みで、手配について話し合いたいと言うの」

オパールがエッカルトに交渉しては意味がないのだ。

内政干渉と取られないためにも、やはりエリーの決断だと示す必要がある。……入れ知恵であることは隠しようもないが。

今後のことを考えれば、エリーもエッカルトをはじめとした年配の者に意見を言えるようにならなければならなかった。そのための一歩でもある。

エリーは遣いを出してエッカルトとの面談をその日のうちに取り付け、それまでは言うべきことを何度も繰り返し口にして過ごした。

そして、いよいよ時間になり、エッカルトの執務室へと向かう。

エリーは大きく息を吸ってから、ノックの後に応答を確認して執務室へと入っていった。

「――シタオ鉱山へ視察に行きたい？」

「え、ええ。鉱山は――鉱石はこの国の財産でしょう？　だから、採掘現場を一度ちゃんと見ておきたいの。それで、改善点があるならしっかり対応して、事故がなく安心して働ける場所にしたいと思うの」

「エリー、お前が視察したとして、何がわかるというんだ？」

エリーが恐々切り出すと、エッカルトは眉間《みけん》のしわを深めた。

しかもかなり辛辣《しんらつ》な質問をしてくる。

途端にエリーは弱腰になり、助けを求めるようにオパールの名前を挙げた。

「オパールが……ボッツェリ公爵夫人が同行してくれます。彼女はソシーユ王国にある鉱山開発会社の共同経営者ですから」

「ああ、そうでした。ボッツェリ公爵夫人となる前は、マクラウド公爵夫人として名を馳《は》せておられましたな。私の耳にも届いてきたほどですから」

「叔父様！」

「エリー、閣下のおっしゃる通りよ」

「でも、今の言い方は失礼よ」

エッカルトの嫌味を含んだ言葉には、エリーも負けずに抗議しようとした。

自分に自信がなくても、オパールのためには戦おうとしてくれる。

エリーには間違いなく勇気があるのだ。

オパールはエリーに微笑みかけ、そしてエッカルトをまっすぐに見つめた。

だが、エッカルトは揺らぐことなくしっかり見返してくる。

「確かに、マンテスト鉱山開発は元夫が立ち上げた会社ではありますが、私の他に現夫のボッツェリ公爵と私の父も共同経営者として名を連ねております。そして皆がきちんと経営に関わり、問題があれば話し合い解決へと導いてまいりました。ですから、この国の採掘現場でも微力ではありますが、私もお力になれると思っております」

「あなたにお力添えいただけるのはありがたいが、エリーを巻き込まないでいただきたい。エリーはこれからこの国の大公となる大切な存在です。それを事故も荒くれどもも多い場所に連れていく必要があるのか、甚だ疑問です」

オパールがエッカルトからの嫌味を受け流し、エリーの鉱山視察について後押ししたが通用しなかった。

遠回しな言い方で煙に巻くのではなく、受け入れた上で突き放す。

なかなか手強いなと思いながら、オパールはさり気なく誘拐事件についてにおわせた。

「おっしゃる通り、危険な場所ではあります。エリーの立場上、狙われることもあるでしょうし……」

「エリーが若い娘だからと、即位に反対している者たちがいることは知っております。だからといって、エリーに害をなそうとする者が民にいるとでもおっしゃりたいのですか？」

「……どうでしょう。この国の者とは限りませんから。莫大《ばくだい》な身代金を狙っているかもしれません」

エッカルトは誘拐事件について知らないかのように振る舞っている。

それが本当なのか演技なのかわからず、オパールは賭《か》けに出た。

危険なら視察など反対だと言われる覚悟で、隠し財産目当ての誘拐が起こることもあるのでは、と暗に示した。

すると、今度はエッカルトも一瞬ぴくりと頬を引きつらせた。

「エリーを気にかけてくれるのはありがたいが、この国の事業にまで関わるのは違うのではないかね？　いくらなんでも――」

「叔父様！　オパールには私からお願いしたんです！」

このままエッカルトに発言させてしまえば、オパールのこの国での行動は制限されてしまう。

オパールは賭けに負けたと悟ったが、それをエリーがひっくり返した。

エッカルトが『内政干渉』という言葉を使う前に、遮ってくれたのだ。

それどころか、そのままエリーは主張を続けた。

「私がオパールをこの国へ招待したのです。それも、私があまりに世間知らずで勉強不足であることを痛感したからです。このまま、無知のまま即位したくなかったから！　私はただ座っているだけの大公にはなりたくありません！　この国のために働きたいのです！」

「ならば別に公爵夫人ではなくとも、この国に他にも適任者はいるだろう？」

「いいえ、いません！」

エリーはただ本音を言っただけなのかもしれない。

それでもオパールを守り庇《かば》う強い気持ちは伝わってくる。

初めて会ったときには何て幼稚なのだろうという印象だったエリーの強さと成長が、オパールは嬉《うれ》しかった。

逆に、エッカルトはここまでエリーにはっきり反抗——反論され、否定されたことはなかったようで、驚きが顔に出ていた。

しかし、すぐに気持ちを立て直したのか、いつもの温和な表情に戻る。

「エリー、お前がここまで自分の意見を主張するのは初めてだな。その内容の良し悪しは別にしてもだ」

そう言って、エッカルトは深いため息を吐いた。

エリーも冷静になってきたのか、エッカルトの嫌味とも取れる言葉に緊張している。

「そんなお前がそこまで言うのだから、視察の手配はしよう。もちろん身の安全のために無理は禁物だ。とはいえ、なぜシタオ鉱山なのだ?」

エッカルトに許可をもらい、エリーはぱっと顔を輝かせた。

しかし、続いた問いに身構える。

今回の質問については想定内なので答えられるはずなのだが、どうしてもエリーはエッカルトの口調に緊張してしまうようだ。

オパールは口を挟んでしまいそうになるのを、どうにか我慢して見守った。

「し、正直なところ、私は今までこの国にどれだけ鉱山があるのか、その場所も把握していませんでした。ですが、今回シタオ鉱山を選んだのは無作為なわけではありません」

「ふむ。では、その理由は?」

「歴史の古い鉱山だからです。それから、その、オパールの希望もあります。ソシーユ王国にいるオパールの友人はシタオ鉱山で暮らしていたらしく、ご家族のお墓があるので一度お参りしたいと……」

エリーは震えを抑え、懸命に説明を試みたが、エッカルトがくいっと片眉《かたまゆ》を上げただけで言《い》い淀《よど》む。

そんなエリーから、エッカルトはオパールに視線を移して問いかけるように言う。

「ずいぶん私的な理由ですね？」

「はい。その通りですが、何か問題がありますか？」

エリーはオパールの返答に目を丸くしていたが、エッカルトは気にしていないようでかすかに口角を上げた。

実際のところ、別に問題はないはずである。

「私としては問題ないと思いますが、民がどう受け取るかはわかりませんからね。そこで働いている者たちに歓迎されるかどうか、また別の鉱山で働く者たちがどう思うかまでは関知できませんので」

「それは当然だと思います。民の感情まで統制できるのなら、為政者は苦労しませんもの」

「為政者の気持ちにまで理解を示されるとは。さすがアレッサンドロ国王陛下の寵臣《ちょうしん》と言われているだけはありますな」

「……ありがとうございます」

鉱山で民の感情を逆なでし、暴動が起きる――というのは最悪の事態である。

エッカルトの言葉はただの嫌味なのだろうが、警告と取れないこともなかった。

だが、わざわざ民を煽動《せんどう》して暴動を起こすなど、エッカルトには何の利益ももたらさない。

これほど何を考えているのか読めない人物は、オパールにとって初めてだった。

エリーの言うことが本当なら、エッカルトはミカエルの鉄道について学びたいという希望を叶《かな》えるために遊学を許したことになる。

それなら、エリーのタイセイ王国に行きたいとの望みも、裏もなく聞き入れただけなのだろうか。いっそのこと、消えた収益金について単刀直入に訊《き》けば教えてくれるのではないかと考えたが、どうにか思いとどまった。

オパールが訊くのはもちろんのこと、エリーから質問しても、オパールたちの入れ知恵だと思われ、警戒される可能性のほうが大きい。

悔しいが、ジュリアンの調査を待ったほうが堅実だろう。

「それでは、早急に手配すると約束しよう。エリー、もういいかね？」

「は、はい。ありがとうございます」

もう用がないなら出ていけ、というエッカルトの遠回しな言葉に、エリーは素直に頷《うなず》いた。

オパールも頭を下げ、扉へと向かいかけたとき、エッカルトは今思いついたかのように付け足す。

「そうだ、その視察にはミカエルも同行させよう。かまわないだろう？」

「え？　え、ええ……」

いきなり提案されたからなのか、エリーは戸惑いながらも了承した。

オパールは態度には出さなかったが、エッカルトの真意を図りかねていることに気づかれたらしい。

エッカルトはふっと笑って呟《つぶや》く。

「あれにも、現実を見せたほうがよいだろうからな」

その言葉はエッカルトとミカエルが繋《つな》がっていないことを表している。

夢ばかり見ているな、と言っているようでもあり、隠し財産など夢なのだと言っているようでもあった。

だが、言葉では何とでも言える。

オパールは無言のまま再び頭を下げ、エリーとともにエッカルトの執務室を出ていった。

12　鉱山師

エッカルトの仕事は早かった。

エリーがシタオ鉱山に視察に行くと伝えてから、出発するまでたったの三日で準備が整ったのだ。

シタオ鉱山はオパールがソシーユ王国から山道を通ってルメオン公国へ入国したときに利用した鉄道駅がある場所だった。

どうやらケイトは駆け落ち当時、山間の街道を利用してルメオン公国へとやって来て、金銭的問題で宿場町から近場のシタオ鉱山で働くようになったらしい。

亡くなった夫は鉱夫として坑道に入り、ケイトは掘り出された鉱石を選鉱場まで運ぶ仕事をしていたため腰を悪くしたようだ。

（坑道に入るのは今以上に危険だったものね……）

マンテストが鉄道開発とほとんど同時に採掘も始めたのは、父であるホロウェイ伯爵の提案だった。

鉱山開発は簡単ではなく、鉱山師だけでなく土質家《どしつか》や築道家《ちくどうか》を雇い、彼ら主導で採掘場所を決めて掘り進めていかなければならない。

当然、マンテスト開発は何より安全第一で行うと決めていたので、採掘するだけでも時間がかかる。

そのため、鉄道が開通してから採掘を開始していたのでは遅いと判断し、人力に頼るところが大きかったが、削岩機などを運び込み、まずは露天掘りが可能な場所から採掘を始めたのだ。

その間、オパールは報告書で伝えられる問題点や解決策を熟読し、マンテスト開発の把握に努めていた。

そして鉄道が無事に開通し、開発が軌道に乗ってからは時々視察に出向くようになった。

はじめは冷やかしとしか思っていなかった鉱山師たちも、適宜質問し、理解していくオパールを目にするにつれ、今ではすっかり認めてくれている。

そんなオパールだからこそ、シタオ鉱山では自分たちが受け入れられないだろうことは最初からわかっていた。

「――鉱山師のソワイエと申します。このような場所にわざわざ公女殿下がいらっしゃるなど、大変光栄に思います」

まったく光栄に思っていない態度で、シタオ鉱山の鉱山師――責任者のソワイエは自己紹介をした。

ミカエルは面食らったようではあったが、エリーは気にしていませんとばかりに笑みを浮かべる。

「忙しいのに、このように大勢で押しかけてしまってごめんなさいね。この国の産業を支えてくれているあなたたちの仕事を知ることは、私にとってとても大切なことなの。また、少しでもあなた方の労働環境をよくしたいと思っているから、要望があればどんな些細《ささい》なことでも教えてほしいの。すべては無理でも、できることから始めていきたいから」

「それはたいそうな夢をお持ちですね。そのように気にかけていただけるとは、我々は幸運ですよ」

変わらず嫌味で答えるソワイエに、ミカエルは何か言い返そうとしたが、オパールがすっと前に出て遮った。

ソワイエはそこでオパールに注意を向けた。

おそらくエリーの付き添いでしかないと思っていたのが、身分の高そうな男性の前に進み出たため驚いているらしい。

そこでエリーがしまった、といった様子で微笑んだ。

「ごめんなさい。紹介がまだだったわね。こちらは私の友人のボッツェリ公爵夫人と従兄のミカエル・マーチスよ」

「はじめまして。オパール・ルーセルです」

「あなたが……」

「どうかされました?」

「いえ、お噂はかねがね伺っております。初めまして、公爵夫人」

「まあ、どんな噂かしら。怖いわ。ねえ、ミカエル」

マンテスト開発とその経営に携わるボッツェリ公爵夫人のことは、鉱山師なら噂で聞いたことくらいはあるのだろう。

だが、それがいい噂とは限らない。

オパールはにっこり笑って答え、ミカエルに場所を譲った。

ミカエルは少々尊大に手を差し出す。

「ミカエル・マーチスだ。邪魔だとは思うが、いろいろと教えてほしい」

「……はい。そう命じられております」

ソワイエが動じたのはオパールの名前を聞いたときくらいで、すぐにまた不遜《ふそん》な態度に戻った。

ミカエルの手を握りながらも、しっかり嫌味で返事をする。

ソワイエが反発しているのは、面倒なことを命じてきたエッカルトたちに対してなのか、公女殿下一行に対してなのかはまだわからなかった。

(不満はあっても隠し事はないように見えるけれど……)

エリーとミカエルに鉱山についての簡単な説明を始めたソワイエを、オパールは話を聞きながらもこっそり観察した。

オパールの勘が正しければ、ソワイエは単に職人気質の人物だろう。

ボッツェリ公爵領のダンカンを彷彿《ほうふつ》とさせる。

おそらく採掘した鉱石の密輸出などには関わっていないはずだ。

そもそも密輸出があるのかも疑問ではあったが、ジュリアンが調べた結果、市場に出回っている鉱石の総量と各国が発表している産出量が合わないらしい。

発表されているものがすべて正確でないことはよくあることなので、オパールは今まで気にしていなかった。

タイセイ王国も他国も手の内を簡単に見せることなどしないからだ。

また、先だってのコナリーたちのように、密輸出で個人的に儲《もう》ける者たちもいる。

考えに没頭しかけたオパールは、エリーの甲高い声にはっとした。

「子どもたちも働いているの⁉」

「ええ、もちろんです。狭い坑内では、彼らも貴重な労働力ですからね」

エリーはショックを受けていたが、オパールとしては予想していたことだったので、そこまでの驚きはなかった。

タイセイ王国ではアレッサンドロが即位して早い段階で児童労働法を制定して様々な条件も設けているが、他国では――ソシーユ王国でもヒューバートたちの力をもってしても、まだ法整備の途中なのだ。

またウィタル男爵夫人の工場のように、違法に子どもを働かせている場所も多い。

ケイトがこの地を離れたのも、メイリを危険な坑内で働かせたくなかったからだった。

（それでも、結局はかなり苦しむことになったけれど……）

ケイトたちが働いていた頃より少しは改善されているかとかすかに期待していたが、変わってはいないようだ。

このシタオ鉱山は歴史が古い。

その分、考え方も設備も古いのだ。

「子どもたちの親は何を考えているんだ？　危険な仕事をさせて平気なのか？」

「何も考えようがないでしょう。そうしなければ生きていけないのですから」

ミカエルが嫌悪を隠さず訴えたが、ソワイエは簡単に答えた。

すると、ミカエルは目を見開き言葉をなくす。

だがすぐにオパールに挑戦するような視線を向けた。

「オパール、あなたも鉱山経営をしているのなら、やはり子どもたちを働かせているのですか？」

「……いいえ。マンテストでは、子どもはいっさい働いていないわ」

オパールが冷静に答えると、またミカエルはソワイエに向き直る。

「ならなぜ、ここでは子どもが働かされているんだ？　おかしいだろう！」

ミカエルの剣幕にエリーは怯《おび》えている。

今までの穏やかなミカエルとまったく違うのは、それほど義憤にかられているからだろう。

しかし、ソワイエは肩をすくめるだけで何も言わない。

仕方なく、オパールが説明を始めた。

「ミカエル、このシタオ鉱山はこの国でも特に歴史のある鉱山なのよ」

「知っています」

「ということは、それだけ坑内も古いの。マンテストは世界の中でも一、二を争うくらい最新鋭の設備を投じて開発した場所だから、はじめから機械化を前提に坑道も掘り進められているわ。だけど、ここでは人力で……たがねと槌《つち》で掘り進められたの。だから、基幹坑道もそれほど広くなく、機械を搬入するには大変な手間と時間がかかるのよ」

「それでも子どもたちを働かせるべきではない。手間と時間がかかろうとやるべきでしょう」

「……そうね。その通りね」

オパールはミカエルを否定することはしなかった。

実際その通りで、エリーやミカエルにならその決断を下すことはできる。

ただし、簡単ではないだけだ。

ソワイエはそれをわかっていて「たいそうな夢」とエリーに告げたのだ。

今も何も言わないが、馬鹿にしたような笑みを浮かべている。

エリーはソワイエの説明とミカエルの反応に戸惑っていたようだったが、今の時間でどうにか気持ちを落ち着けたらしい。

両手を強く握り締めてはいたが、ふっと息を吐きだしてからソワイエに続きを促した。

「ソワイエ、話を中断させてしまって悪かったわ。続けてくれる?」

「……かしこまりました」

「エリー！　君は子どもたちを見捨てるのか⁉」

「見捨てはしないわ。でもいきなり私たちに何かできるわけではないでしょう？」

「今すぐ、子どもの労働を禁止すればいいだけじゃないか」

確かに公女であるエリーなら――近い将来の大公なら、国有であるこの鉱山の命令権はある。

だがそれではエッカルトが憂慮していた通り、反発を招きかねないのだ。

「ミカエル、確かにそれは簡単なことではあるけれど、その後どうするつもりなの？」

「どうするって……」

「先ほど、ソワイエが言っていたように、今は子どもたちが貴重な労働力で、ここは彼らの力を含めて動いているのよ。今すぐ子どもたちの労働を止めてしまっては生産性が落ちてしまう。それはここで働く人たちの死活問題になるわ。それを私たちが補償できるの？　だとすれば、他の鉱山もすべて同じようにしなければ、公平性に欠いてしまうわ」

エリーの言葉は現実を受け止めた重いものだった。

ここにくるまで短い時間ではあったが、エリーはしっかり学び成長している。

オパールはエリーの努力と才能、そして為政者としての決断力に驚かされていた。

ソワイエもまた、エリーへの見方を変えたようだ。

ミカエルはエリーの変わりように驚いているのか唖然《あぜん》としているようだったが、遠くから聞こえた大きな音ではっと我に返った。

「今の音は何だ？」

「誰かが石を積んだ台車をひっくり返したのでしょう」

「大丈夫なのか!?」

「よくあることです」

ソワイエの言う台車とは、手押しの小さな台車のことだろう。

指揮室のあるこの建物まで聞こえてくるということは、坑道から運び出した鉱石をトロッコに積み替えようとしてひっくり返したのだろうとオパールは推測した。

つまり、それこそ子どもか女性が台車をひっくり返したのだ。

(怪我をしていないといいけど……)

オパールは今すぐ駆けつけて現場を見たかった。

しかし、今の立場ではそれは許されない。

本音を言うなら、この鉱山をすぐにでも操業停止にしたいくらいなのだ。

オパールがもどかしい思いでいると、エリーも同じように感じていることが表情から伝わってきた。

それでも耐えているエリーと違って、ミカエルは我慢ならなかったようだ。

「金の問題なら――」

「ミカエル！　今はお願いして説明を聞いているところなのだから、これ以上邪魔をするなら席を外していただきたいわ」

失礼なのを承知でオパールが出しゃばりミカエルを遮ったのは、また『隠し財産』などと言い出しそうだったからだ。

だからまさか、ここでミカエルに入れ知恵しているだろうテラルト国の過激派の一員と思われる人物が見つかるとは予想外だった。

ほんのわずかな動きだったので、視界に入っていなければ見逃しただろう。

だがミカエルが発言を始めたとき、その人物――護衛の一人はかすかに口角を上げ、ソワイエに視線を向けたのだ。

ソワイエが『隠し財産』について、知っているかの反応を見たかったに違いない。

ところが、オパールが邪魔したものだから、忌々しげにこちらを睨《にら》みつけ、目が合ったことに驚いたらしかった。

オパールはとっさに気づかなかったふりをしたが、その護衛からの視線を感じる。

「オパール、あなたまで子どもたちを見捨てるというのですか？」

「いいえ、そうではないわ。でもまずは説明を聞かないことには、改善点も何もわからないでしょう？　私たちは、ここで働く人たちにとって部外者でしかないのよ」

「……わかりました」

ミカエルはエリーの言うことは聞かなかったが、オパールには納得はいかないながらも従うことにしたようだ。

エリーがそのことに傷ついているのにも気づかずに。

エッカルトは厄介な人物を押し付けてきたものだ。

オパールは護衛の視線から逃れたことに安堵《あんど》しつつ、これからのことを考えて気が滅入りそうだった。

13　主導者

ソワイエの説明を無事に聞き終えることができ、オパールは官舎の一室に足を踏み入れた。

指揮室の二階部分が官舎となっており、時折やって来る役人の宿泊場所にあてられているのだ。

鉱山町にはエリーのような身分の者が訪れることは想定されておらず、上級宿などないのだろう。

残念ながら、オパールが初めてこの国にやって来たときに感じた通り、町の治安は悪い。

街道沿いにある以前泊まった宿場町への宿泊も可能ではあるはずだが、エッカルトはあえてこの官舎を用意させたようだ。

そのことにまったく異論はなかったが、不満なのはジュリアンと完全同室であることだった。

しかも、そのジュリアンの姿がない。

無事に体調が回復したジュリアンは、エリーの視察に同行すると主張したものの、鉱山には興味がないとばかりに、ソワイエとの面会には同席しなかった。

おそらく明日の採掘現場近く――坑道内の視察にも同行するつもりはないのだろう。

そして、ミカエルへ言い訳をするのはオパールの役目になるのだから、疲れもあって苛立《いらだ》ちが募る。

オパールが旅の埃《ほこり》をようやく落としてほっと一息ついたところで、ジュリアンがふらりと戻ってきた。

「勝手な視察、ご苦労様」

「ずいぶん機嫌が悪いな。ということは面白いことがあったわけだ」

「その話は後でするから、ひとまずその埃を落としてきたら？」

「そうするよ」

ジュリアンはナージャが何も知らなければ、不審者が入ってきたと悲鳴を上げるような姿なのだ。衣服も髪も粉塵《ふんじん》で汚れ、一見してここで働く労働者でしかない。

よくその姿でこの部屋に――官舎に入ってこれたものだと感心するが、きっと上手く忍び込んだのだろう。

ナージャがくすくす笑いながら、湯の用意に向かった。

ベッドは別々だが、洗面も部屋も何もかも一緒である。

あまりに手狭なため、ジュリアンの従僕は連れず、ナージャだけにしているのだ。

もちろん護衛はしっかりつけている。

「ごめんなさい、ナージャ。また面倒をかけてしまうわね」

「大丈夫です、奥様。まるでリード鉱山に向かうときのようで懐かしいです」

「確かにそうだけど、もうあんな冒険はごめんだわ」

「大冒険でしたものね」

あのときは拘束され屋根裏部屋に閉じ込められはしたが、ジュリアンがいて、何よりクロードがいてくれたから怖くはなかった。

だが、今回はあまりに予想がつかない。

エリー誘拐事件の黒幕が、ミカエルを唆しているテラルト国の過激派だったとしたら、オパールが邪魔な存在であることは気づいているはずだ。

それならば、この鉱山視察でエリーだけでなくオパールも事故に見せかけて殺される可能性がある。

ただし、彼らにとっての切り札はミカエルであり、彼に害が及ぶような危険は冒さないはずだった。

「……思ったより、面倒なことになったわね」

一人呟《つぶや》いたオパールに、湯を浴びて部屋に戻ってきたジュリアンが問いかけた。

「逃げ帰るか？」

ナージャは片付けのために席を外している。

言うなら今だろうと、オパールは打ち明けた。

「ミカエルの護衛の一人が、過激派の一員のようよ。ピアスをしていないから気づかなかったけど」

「それを判断基準にするなよ。流行っているとはいえ、君主制の象徴として嫌うやつらもいる。それに、何も過激派がテラルト国の者だとは決まっていないだろ。ミカエルのように感化されるやつはどこにでもいるんだ」

「確かにそうね……」

オパールは大公家の近縁者の護衛に他国出身者を採用するのはあり得ないと考えていたが、そうでもないことに気づいた。

「ミカエル自身が採用したか、採用する立場にある人が過激派側という可能性もあるわね」

「考えてもみろよ。あまりに自然で違和感がなかったが、エリーとミカエルの結婚を言い始めたのは誰だ？　エリーのタイセイ王国への旅を許すようエッカルトに進言した者がいたかもしれないだろ？」

「公国の上層部にもテラルト国の過激派側の人間がいるってことかしら。もしくは、分け前を約束された人ね」

「それがエッカルトでも、俺は驚かないけどな」

「まだ疑っているの？　閣下が過激派側なら埋蔵金なんて探す必要がないでしょう？」

答えに近づいているような気がしても、すぐにジュリアンに覆されてしまう。

疲れもあってか、オパールは珍しくきつい口調になっていた。

「オパール、思い込みは捨てろ。そして、すべての可能性を捨てるな。エッカルトはエリーが即位するまでの代理でしかないんだ。それは十年前から何も変わっていない。もしエリーの身に何かあったとすれば、大公位簒奪者《さんだつしゃ》として諸外国から疑われたことは確実だろう。そうなれば、この宝の山の小国に干渉する隙を他国に与えてしまっただろうな」

そう言われて、オパールの苛立ちも消えていった。

十年前、オパールが屋根裏部屋に——マクラウド公爵領に引きこもっている間に、世界は大きく動いていたのだ。

まだまだ自分の視野が狭く考えが浅いことを反省したオパールを、珍しく励ますようにジュリアンが言う。

「まあ、お前がマクラウドを叩《たた》き直してくれたおかげで、ソシーユ王国はこれからも生き残れるんじゃないか？　マクラウドは名ばかりの身分じゃなく、発言力も強くなったからな」

「それなら、私じゃなくてお父様の力よ。当初はかなりプライドが高くて大変だったみたいだけれど……。それにロアナさんの影響が何より大きいでしょうね。だって、あの公爵様が皆の前で膝《ひざ》をついてプロポーズしたのよ？　しかも一度振られているのに！」

「……まあ、あれは見ものだったな」

相変わらずオパールは自分への評価が低いのだが、ジュリアンは特に指摘することはなかった。

そのあたりが不器用なのが妹なのだ。

「それで、ジュリアンはここで何かわかったの？　まさかどこかの閉鎖された坑道の奥に、埋蔵金があったなんてことはないわよね？」

「だったら面白いと思ったけどな。ここは申告通り鉄鉱石が主な産出品で、金や銀はなさそうだ。

だが、ここの鉱山師はかなり顔が広いようだから、埋蔵金の情報は持っているかもな」

「ねえ、本当に埋蔵金はあると思うの？　そんなものを誰にも知られず隠すことなんてできるのかしら」

オパールは一番気になっていたことをようやく訊《き》くことができた。

そんなオパールを、ジュリアンは「今さら何を言っているんだ?」とばかりに見る。

だが、いつものように馬鹿にしてくることはなく、大きくため息を吐いただけだった。

「産出量ってのは、国内消費に回したり密輸出入したりすればいくらでも誤魔化せる。だが、エッカルトの場合は違う。各国との取引できちんと為替を受け取り、各銀行に預け入れているんだ」

「それでどうして収益金が消えるの? 取引相手が不当に値を下げているわけでもないのでしょう?」

「その手続きの際にエッカルトは必ず各銀行に赴き、かなりな額を現金で引き出している。その現金の行方がわからない」

「大公宮に大きな金庫があるかもよ?」

「ない」

ジュリアンの説明を聞いたオパールは、エッカルトの行動が理解できないまま消えた収益金の隠し場所を予想した。

だが、ジュリアンは金庫の存在をきっぱり否定する。

それだけ大公宮の内部に入り込んだということなのだろう。

「現金の行方がわからず埋蔵金説が生まれたのはわかったわ。問題は銀行ね。そもそもなぜ閣下が現金を引き出していることが知られてしまっているのかしら。しかも一行だけではないということよね？」

「情報は漏れるものだろ。たとえ銀行の役員たちが沈黙していても、手続きをするのは事務方だからな。しかもその手の話に耳聡《みみざと》いやつはどこにでもいる。それが広まったというわけだ」

「ならいっそのこと、現金引き出しの場を襲うか、閣下を脅して埋蔵金の在処を聞き出すかすればいいのに」

「過激だな」

「むしろ、どうしてそれをしないのか不思議だわ。エリーを誘拐するなんて遠回しなことをせずにね」

オパールが苛立たしげに言うと、ジュリアンは声を出して笑った。

消えた収益金が埋蔵金となって噂が流れ出した理由はわかったが、そのせいでエリーは危険に曝《さら》されたのだ。

身代金目当ての誘拐では、人質は助からないことが多い。

今回の指示役はどうするつもりだったのかわからないが、実行犯であるクイン通りの裏町の者たちはエリーが死んでも気にしなかっただろう。

欲を出してオパールまで誘拐したからこそ、エリーを無事に救出することができたのだ。

（まあ、そこはアレッサンドロ陛下がどうにかしたでしょうけど）

アレッサンドロなら埋蔵金について、早くから知っていたはずである。

それなのにオパールに話してくれなかったことは腹立たしかった。

オパールがこの国に向かうときでさえ、知らせてくれなかったのだ。

そこでふと別の考えが浮かぶ。

「まさかとは思うけれど、アレッサンドロ陛下まで埋蔵金を狙っているなんてことはないわよね？」

「さあ、どうだろうな」

「じゃあ、あなたはどうなの？」

「さあ、どうだろうな」

はっきりしないジュリアンにまた苛立つが、二人ともオパールに害を為すことだけはないと断言できる。

そのため、アレッサンドロとジュリアンの真意を考えるのは時間の無駄なのでやめにした。

それよりも、オパールが考えなければならないのは、エリーの未来――この国の未来と、それを阻む者たちのことだ。

「ジュリアンが未だにエッカルト閣下を疑うのは、埋蔵金を閣下自身が狙っているかもしれないから？」

「でかいへそくりだからな。その使い道には興味がある」

「なるほどね……」

好奇心旺盛《おうせい》なジュリアンのことだから、本心からの言葉だろう。

要するに、埋蔵金の目的が気になるのだ。

ただ、それだけでもない。

「閣下と過激派が繋《つな》がっている可能性は低いわね。それなら、ミカエルを使って埋蔵金の在処を探らせるようなことはしないもの」

「可能性の問題ならな」

「それから、ミカエルは利用されているだけね。過激派がどんなことをしているのかは知らされていないみたい。彼はあまりに純粋すぎるわ」

「単純ってことだな」

「言葉を選んだのに」

「ミカエルに苦労したようだな」

普段はジュリアンの率直な物言いを注意するオパールが肯定するように呟いたので、面会で何があったか察したようだ。

ジュリアンは特に追及せず、ソファに足を組んで座り、ひじ掛けに腕をついてくつろいでいる。まるでオパールが答えを出すのを楽しんで待っているようだ。

「……そもそも、過激派の目的は何？　埋蔵金目当てならお金が必要ってことよね？　テラルト国でお金が必要ってことは……選挙かしら？　ミカエルに吹き込んだように理想的な共和制にするために、あの不完全な共和制を……」

答えを導きだそうと声に出して考えていたオパールは、思わず言《い》い淀《よど》んだ。

その考えをジュリアンが代わりに言葉にする。

「選挙にも金はかかるが、戦争にも金はかかるからな」

「まさか、また革命を起こすつもり？　ミカエルは無血革命だなんて言っていたけれど、それはこの国の話で……。いえ、それよりも埋蔵金もこの国も手に入れてしまったほうが手っ取り早いわよね。わざわざ共和制に失敗した国でやり直すより、新しくこの国で始めたほうが簡単だわ。そこから、革命の波を起こす」

オパールは以前、ジュリアンが言っていた言葉を思い出した。

『一波わずかに動いて万波随う』

まさに過激派の目的はそこにあるのだろう。

「そのためにはミカエルに実権を握らせたい。ということは、やっぱりエリーよりもジュリアンが邪魔じゃない」

「ピエールは欲張りなやつだからな。たぶんこの国もテラルト国も、どっちも狙ってるだろうな」

「……ピエールって誰？」

いきなり知らない名前が出てきて、オパールは首を傾げた。

命を狙われているはずのジュリアンの心配をしていたところなのに、思わず気が抜ける。

ジュリアンはそんなオパールを見てにやりと笑う。

「過激派の主導者だよ。表向きはテラルト国の労務党党首だがな。アレッサンドロからの最新の情報だ」

「そうなの？　友人なのかと思ったわ」

ジュリアンの言い方から親しげな雰囲気を感じたのだが、友人ではなかったらしい。

「友人ではないが、顔見知りではあるな。クロードも知っているやつだ」

クロードも含めて顔見知りだというなら、学生時代の同窓生か何かなのだろう。

オパールの予想は当たり、ジュリアンが簡単に説明する。

「テラルト国での革命の最中にソシーユに逃れてきていた亡命貴族の息子で、学校が一緒だっただけだがな」

「ということは、革命が終わって祖国に帰り、冷遇されたために拗《ひね》くれちゃったわけね。いい迷惑だわ」

オパールは呆《あき》れたようにため息を吐いた。

状況は緊迫しているが、阻止することはできる。

アレッサンドロも裏で動いており、ジュリアンも情報共有をしてくれているのだ。――クロードにきつく言われたというのが大きいだろうが。

「知り合いなら話し合って止めてこい、とは言わないんだな」

「ジュリアンの数少ない友人でないなら、そんなことをしても無駄でしょう？　むしろ、知っているだけに怒りを煽《あお》りかねないわ」

「よくわかってるじゃないか」

「妹ですからね。私もそのピエールさんとやらの気持ちはわかるわ」

大げさにオパールがぼやけば、ジュリアンは声を出して笑う。

ここにきてジュリアンに余裕が戻ってきた気がするのは、過激派の主導者が判明したからだろう。

おそらく手の内が読めるようになった――過激派の目的を確信したのだ。

後ははじめに言っていた通り、エッカルトだけが読めない。

「坑道内は事故がよく起きる。明日は絶対にミカエルから離れるなよ」

「……ジュリアンはどうするの？」

「坑道では大したアプローチもできないからな。伊達男《だておとこ》は埃《ほこり》を嫌うんだ」

「ここの人たちにまで嫌われるってことね」

明日は簡単にではあるが坑内を見学する予定である。

以前、リード鉱山でオパールを事故に見せかけて殺す案が浮上したように、やはり狙われる可能性があるとジュリアンは忠告しているのだ。

おそらくジュリアンは先に坑道内を下見して危険がないか、罠《わな》がないか調べてきたのだろう。

だが今のところ問題はなくても、明日になればわからない。

そのため、ミカエルから離れるなと忠告しているのだ。

過激派の切り札であるミカエルと一緒に行動すれば、危険は少なくなる。

逆にジュリアンが傍にいれば危険が増すだろうことから、明日も別行動をするつもりらしい。

しかも、ジュリアンが粉塵《ふんじん》などの汚れを嫌う態度を取れば、それを厭《いと》わないエリーが際立つ。

素直じゃないなと思いつつも、オパールは口にはしなかったのだった。

14　追《お》い剥《は》ぎ

翌朝。

昼からの坑内見学の前に、鉱山で亡くなった人たちのお墓に参りたいとエリーが申し出た。

するると、ソワイエは難色を示す。

「はっきり申し上げますが、それは諦《あきら》めてください」

「なぜです？　この国のために働いて命を落とした方たちのために、祈りを捧《ささ》げたいのです」

「それが迷惑だと申しているのです。彼らの気持ちを逆なでするだけでしょう」

「ですが、先に連絡していたはずです」

「お付きの方がとしか伺っておりません。公女殿下までとなると、話は違います」

「そんな……」

ソワイエの言葉にショックを受けるエリーだったが、オパールはその言い分も理解できた。

鉱山町の駅に降り立った瞬間から、公女一行が歓迎されていない空気は感じていたのだ。

エリーにも雰囲気は伝わっただろうが、それがどれほどかはまだ実際に鉱夫たちとは接していないのでわからないのだろう。

駅から馬車でこの官舎までやって来ただけで、外には出ていないのだ。

「エリー、私だけで行ってくるから、あなたはミカエルと部屋で待っていてくれる？」

「ミカエルと？」

「ええ。彼も……たぶん、行かないほうがいいから」

「わかったわ。それじゃ、引き止めておくわね」

「ありがとう」

もちろん護衛はつれていくが、オパールが一人で行くと言うと、エリーは素直に引き下がった。

昨日の調子から、ミカエルまで同行するとなれば、間違いなくややこしいことになると察してくれたようだ。

オパールとしては、エリーにできるだけミカエルの傍にいてもらうためにもお願いしたことだった。

「でも、オパールは大丈夫？」

「私はまあ……慣れているから。マンテストでも当初は受け入れられなかったのよ」

マンテストだけでなく、ボッツェリ公爵領でもリード鉱山でも、いつも歓迎されなかった。

もっと挙げるなら、どこの社交界でもマクラウド公爵家でもだが、それらが生易しいものに思えるほど、このシタオ鉱山では拒絶されるだろう。

それだけならまだいいほうで、襲われるかもしれない。

それでも、オパールはケイトとメイリのためにもきちんとお参りしたかった。

エリーは残念そうではあったが、ソワイエが用意した馬車で出かけるオパールを見送ってくれる。

ミカエルには知人のお墓参りに行くのだと言うと、特に不審に思うこともなかったようだ。

やはり高い理想を掲げてはいるが、エッカルトの言うように『現実』を知らないのだろう。

オパールは車内からぼんやり外を眺めながら、昨夜のジュリアンとの会話を思い返していた。

そのジュリアンはまだ寝ていることになっている。

（まったく、朝からどこに行っているのかしら……）

オパールが目覚めたときにはもうベッドに姿はなかった。

ただ寝た形跡はあったので、かなり早くに起きだしてどこかにまた潜入しているのだろう。

オパールは心配と呆れがない交ぜになったため息を吐いた。

今一番危険なのはジュリアンなのだ。

元々エリーの求婚者のふりを始めたのも、自分を標的にさせて狙いを分散するのが目的だった。

それが過激派の主導者が判明したことでその目的も理解し、エリーに危険が及ぶ確率はかなり低いと判断したようだ。

オパールはピエール卿《きょう》についてはまったく知らないのでジュリアンの判断が正しいのかわからないが、もし本当に過激派が埋蔵金もこの国の主権も握るつもりなら、エリーに害を為すのが悪手なのは間違いなかった。

エリー誘拐が企てられ実行されたのも、タイセイ王国でのことだったからだ。

タイセイ王国に——アレッサンドロに責任を負わせることができるばかりか、外交上の発言権を弱めることができる。

だが、公国内でエリーに何かあれば真っ先に疑われるのはエッカルトであり、その息子であるミカエルだった。

エリーが従兄との結婚を嫌って国を飛び出した話は有名になっており、今になってミカエルとの縁組を提案したことが足かせになっているのだ。

（それでも警戒を怠るわけにはいかないけれど……。あら、ということはジュリアンの次に危険なのは私だわ）

オパールがそう考えた瞬間、馬車が大きく揺れ、馬が嘶《いなな》いた。

鉱山町から墓地までの景色は寂しくなる一方で、今は林道を走っており、周囲に人影はまったくない。――はずだった。

ところが馬車は止まり、勢いよく扉が開かれる。

「奥様！」

ナージャが急ぎオパールを背後に庇《かば》う。

オパールはポケットに手を入れて銃を握った。

相手の人数次第では役に立たないどころか、逆上させるだけなので慎重に判断しなければならない。

緊張しながらオパールとナージャが車内でじっとしていると、薄汚れた男が扉から顔を覗《のぞ》かせた。

「すげえ上玉が二人もいるじゃねえか」

「……こんにちは、男前さん。目的はお金かしら？」

「話がはええな。助かるよ。だが、お前らも必要だ」

「なぜ？」

「は？」

「目的はお金なのでしょう？　それならお金だけ奪えば、私たちは必要ないはずよ」

「馬鹿言え。お前らも売れば金になるんだよ」

「そう……」


わずかな会話から、オパールは男が単なる追い剥ぎだと判断した。

ただし、この場所に出るなど普通はあり得ない。

墓地に用があるのは遺族であり、鉱山町の人たちくらいだろう。

そんな彼らから金品を強奪するなどあまりに割が合わない。

おそらく街道に出没する追い剥ぎなのだろうが、わざわざここまで出向いてきたということだ。

今は護衛を表向きは必要最低限しかつけていないので、狙えると思ったのだろう。

とにかく、誰かが彼らに入れ知恵したということだ。

オパールは覚悟を決めて、ナージャの腕を掴《つか》んで制し、先に馬車から降りようとした。

「奥様、危険です！」

男はオパールの行動に驚き、数歩後退する。

オパールは踏み台のない馬車から地に降り立つと、周囲を見回した。

男の仲間は八人で、護衛二人には銃が向けられ、御者にはナイフが突きつけられている。

護衛たちには何かあってもすぐには抵抗しないように今回は伝えていたので、怪我がなくて何よりだった。

墓地までの林道はあまり整備されておらず、両脇の木々の根本には背の高い草が生い茂り、隠れるには打ってつけの場所なのだ。

それは追い剥ぎも、待機している護衛たちにとっても同じだ。

オパールはすうっと息を吸い込み、ゆっくり吐いて緊張を紛らわした。

「彼らをここで殺して、私たちを攫《さら》うのはかなりリスクが高いと思うわ。私たちが戻らなければ、町から捜索隊が出るでしょうし、国の威信にかけて追いかけるでしょうね。それよりも、ここで大人しくお金を受け取り、引いたほうが割がいいと思うけど？」

「その後、追わせるつもりだろう？」

「私たちはお墓参りに向かっているの。わざわざここで引き返すことはしないわ。だからその間に逃げればいいじゃない」

「お頭《かしら》！　信用してはダメだ！」

「うるせえ！　お前は口出しするな！」

オパールが交渉を試みると、先ほど馬車に顔を覗かせた男——頭目らしい——は、冷静に考えているようだった。

そこに子分らしき男が口を挟むが、頭目に一喝される。

その様子を見て、オパールは予想が当たったことを察した。

「ナージャ、巾着《きんちゃく》を取ってくれる？」

「ですが……」

「大丈夫だから」

「わかりました」

オパールが頼むと、ナージャは持ってきていた巾着をしぶしぶ差し出す。

それを受け取って袋の口を開き、オパールは頭目に中身を見せた。

「これを全部差し上げるわ。これだけで満足するか、リスクを負ってでも私たちを攫うか、どうする？」

巾着の中身が全て金貨だと気づいて、頭目だけでなく仲間たちもはっと息をのんだ。

「お頭！　どっちも手に入れましょう！」

悩む頭目にまた同じ子分の男が声を上げる。

だが、頭目は男を無視して、オパールに手を差し出した。

「それをこっちに寄こしな」

「そんなっ――」

頭目の言葉に反発したナージャに、オパールは大丈夫だというように首を振って応え、素直に巾着を渡した。

ずっしりと重い巾着を受け取った頭目は、じゃらじゃらといわせて中身を確認し、一枚取り出して齧《かじ》る。

「本物のようだが、よくこんなものを持っているな」

「旅慣れしているの」

「なるほど」

オパールが肩をすくめて答えると、頭目はにやりと笑った。

交渉は成立したようだ。

頭目が片手を上げると、仲間たちは興奮して口々に何か言いながら引いていく。

その中で、先ほどの子分だけが文句を言っていたが、頭目に強く殴られてからは口を閉じた。

オパールは男たちが姿を消すまでその場に立って様子を窺《うかが》い、護衛に促されてようやく馬車へと戻った。

「奥様、もう……冷や冷やしました。ご無事でよかったです」

再び馬車が走り出すと、ナージャが目に涙をためてオパールの手を握る。

オパールもそこでほっと大きく息を吐きだした。

「ごめんなさい、ナージャ。怖い思いをさせたわね」

「私は大丈夫です。でも、前もってあんなにお金を用意されていたのは、予想されていたからですか？」

「いえ、まさか追《お》い剝《は》ぎが出るとは思わなかったわ。何かあった場合に備えての交渉用よ。お金が嫌いな人はいないから」

「さすが奥様です！　でも、馬車から降りられるなんて……旦那《だんな》様に叱られても知りませんからね！」

「それは……追い剥ぎより怖いわね」

安心したナージャは唇を尖《とが》らせて怒ったが、並の侍女なら追い剥ぎが現れた時点で取り乱していただろう。

先の反国王派との動乱に巻き込まれたからか、ずいぶん度胸がついたようだ。

座席に背を預けて、オパールは大きく深呼吸した。

あの追い剥ぎはやはり入れ知恵されて、わざわざこの場所までやって来たのだ。

頭目たちにはこの地域の訛《なま》りがあったが、何度も意見していた子分だけは違う訛りだった。

テラルト国の訛りがどんなものかは知らないが、彼だけが異質であり、過激派の一味と見て間違いないだろう。

今のオパールはエリーの使用人に扮《ふん》しているので、護衛をあまり付けるのも不自然だと思い隠れてもらっていたのだが、それが功を奏した。

過激派の一味はミカエルの護衛だけでなく、あちらこちらに潜伏しているのだ。

きっと革命を起こしたときに、民衆を扇動するために。

(たぶん、ジュリアンがピエール卿のことを覚えているのは、それだけの人物だからだわ)

ジュリアンは基本的にどうでもいい相手には関心がない。

おそらく一度会った人物は覚えてはいるだろうが、わざと忘れたふりをするのだ。

それなのにピエール卿については、きちんとオパールに説明したのだから、要注意ということだろう。

（でも国も組織も大きくなればなるほど、制御できなくなるものだけど、ピエール卿はどうなのかしら……）

アレッサンドロほどのカリスマ性と為政者としての秀でた能力をもってしても、すべてを制御することはできないでいる。

クロードやバルバ卿などの有能な人材を多数抱えていても限界はあるのだ。

（一番制御できていないのが、ヴィンセント王子殿下だものね……）

ヴィンセントにとっては単なる反抗期というだけでなく、偉大な父親を持ったプレッシャーもあるのだろう。

それが人に迷惑をかける言い訳にはならないが、同情はする。

ボッツェリ公爵領で学ぶことができればいいのにと思い、オパールはクロードとリュドに会いたくなってしまった。

「クロードとリュドは元気かしら……」

「お元気なのは間違いありませんよ。何かあればすぐに連絡してくださるでしょうから。ですが、お会いしたいですよねえ……」

「ええ……」

思わず口から出てしまったが、ナージャが明るく励ましてくれる。

しかし、ナージャもまた本音が漏れ出たようだ。

オパールは素直に頷《うなず》いたが、気持ちを共有できたからか元気が出てきた。

「いつもありがとう、ナージャ」

「えっへん」

お礼を言ったオパールに、ナージャは胸を張って答えた。

ナージャがどうにかオパールを励まそうとしてくれていることが嬉《うれ》しくて、その仕草が可愛くて、オパールは声を出して笑った。

先ほどまでの緊張が嘘みたいに解けている。

オパールはナージャのおかげで気持ちを切り替えることができたのだった。

15　伝言

途中、妨害が入ったせいで予定よりは遅くなったが、無事に共同墓地に到着できたオパールは馬車から降りてあたりを見回した。

そして、少し離れた場所に小さな白い花が咲いているのを見つけて近づく。

蜂や蛇などの危険な生物はいないようだと確認して花を摘むと、墓地入口に向かった。

本来なら先に花を用意しておくべきだったのだろうが、今の状況ではそれも難しいのだ。

オパールは入口からケイトに教えてもらった通りに進み、聞いていた特徴の通りの墓碑の前に立った。

墓碑には簡潔に生まれた年と亡くなった年と名前のみが刻まれている。

オパールは墓碑の前に膝《ひざ》をつき、摘んだ花を供えて目を閉じた。

祈ることしかできない自分が不甲斐《ふがい》ない。

オパールは墓地に来るといつも自分の無力さを思い知らされるが、この場所では特に強く感じてしまっていた。

ケイトの夫の墓碑はこの墓地の中では比較的新しいが、真新しいものがいくつも建てられている。

墓碑に刻まれた生涯は平均よりも短いものばかりだ。

せめてこれからは、皆が少しでも長く健康に生きられるように、現場を改善していかなければと決意を新たにオパールは立ち上がった。

そこに、しわがれた女性の声がかかる。

「――あんた、誰だい？」

警戒する護衛二人の間を通ってやって来る女性の腰はかなり曲がっている。

振り返ったオパールは、笑みを浮かべて自己紹介をした。

「私はオパールと申します。こちらに眠る方の奥様の友人なんです」

「あんたが？　ケイトの？」

オパールはかなり質素な姿ではあったが、それでもこの場では異質な存在であることは明白だった。

そのため、女性は不審げに問う。

「はい。ケイトをご存じなのですか?」

「ああ、もちろんだよ。あの子たちが駆け落ちしてきたときからね。娘はどうしてる?」

「メイリは元気ですよ。もちろんケイトも。腰はまだ悪いですが、それでも頑張っています」

「そうか。それはよかった」

オパールがメイリの名前を出すと、女性はほっとしたらしい。

日に焼けたしわだらけの顔に笑みが浮かぶ。

「あたしはネルってんだ。ケイトとメイリ二人でここで暮らしていくのは大変だったろうからね。無事に抜け出せたようで安心したよ」

「ネルさんはケイトと仲がよかったんですか?」

「まあ、娘のようなもんだよ。うちの娘は無理が祟《たた》って早くに死んだからね。亭主もさ」

「そうですか……」

お悔やみを言ったところで嘘くさくなりそうで、オパールは頷くことしかできなかった。

だが、ネルは気にした様子もなく笑顔のままだ。

「ケイトたちによろしく伝えておくれ。あたしはここからもう遠くへは行けないし、ケイトたちも来るべきじゃないからね」

「……わかりました。私はこれから町へ帰りますが、一緒に馬車に乗って行かれますか?」

「いや、いいよ。あたしはここで墓守のようなことをしてんだ。それよりあんたは、やっぱりあの公女様のお付きか何かかい？」

「ええ」

「じゃあ、ついでに公女様にも伝えておくれよ。ここで暮らす若い子たちをどうにか助けてやってくれって」

「……わかりました」

オパールはネルの骨張って曲がったしわだらけの手を両手で握り、はっきり頷いた。

この町には未来が見えない。

歴史ある鉱山であるということは、それだけ深く長く掘り続け、暗闇の中に入り込んでしまっているということなのだ。

資源はいつか枯渇する。

治安が悪く無法者も多い町ではあるが、それでもネルのような人がいるのも確かだった。

＊　＊　＊

オパールが官舎に戻ると、エリーが飛び出してきた。

その顔は安堵《あんど》に満ちている。

「オパール！　無事でよかったわ！」

「エリー、普通のお墓参りよ。何を心配することがあるの？」

少々勢いのあるエリーを抱きとめ、オパールは笑いながら問いかけた。

すると、エリーは驚くべきことを口にする。

「だって、追い剥ぎが出るって聞いたから！」

「……まあ、それは怖いわね。誰からそんなことを聞いたの？」

「ミカエルよ」

「ミカエル？　どうしてそんなことを知ってるのかしら」

「噂で聞いたみたい。オパールの馬車が去っていくのを見た誰かが心配していたって。だから、すぐに追いかけようとしたんだけど、ソワイエがそんなものは出ないから心配ないって馬車を用意してくれなかったの」

「あら、冷たいわね」

エリーから聞いた情報を整理しながら、オパールはくすくす笑った。

そこへミカエルもやって来る。

「オパール、無事だったんですね。嫌な噂を聞いたものですから、心配しておりました」

「この通り、無事に帰ってきたわ」

オパールは実際に追い剥ぎに遭ったとは言わず、大げさに両手を広げてみせた。

すると、ミカエルは明らかにほっとしていたが、あの護衛は一瞬顔をひきつらせた。

だが、ゆっくり迎えに出てきたソワイエは、「ほら、みたことか」と言わんばかりの態度だ。

ジュリアンに言われたように、思い込みを捨て、可能性を拾おうとしても、やはり結論は変わらなかった。

ソワイエは反抗的ではあるが過激派とは関係ない。

それだけで坑内見学の安全性が高くなる。

また、ミカエルの護衛にも必ず同行してもらえばいいのだ。

追い剥ぎはオパールの護衛の一人が後を追ってくれているはずなので、新たな情報を待つことにして、オパールはエリーたちと官舎へと入った。

そして廊下を進みながら、これ見よがしに呟《つぶや》く。

「——ところで、ジュリアンは？　まさかまだ寝ているなんてことはないわよね？」

「起きているに決まってるだろう。エリーとの時間を無駄にしたくないからな」

そう答えながら談話室から出てきたジュリアンを見て、オパールは内心で安堵していた。

しかし、表向きは嫌そうに顔をしかめる。

「それなら、午後からの坑道見学も参加するってこと？」

「いや、残念ながら急ぎ手紙を書かないといけないんで遠慮するよ」

「なら、今から書けばいいじゃない。昼食は私とエリー、女同士で食べるから。ね、エリー？」

「え、ええ。そうね」

エリーは兄妹ゲンカに巻き込まれて困惑しているといった調子で上手く答えてくれた。

ミカエルがほっとしているのは、兄妹ゲンカよりもジュリアンがエリーを口説いている場面をもう見なくていいからだろう。

そうして自然に二人の時間を作ることに成功したオパールは、着替えるとエリーの部屋に入った。

そして、食事をしながら追い剥《おは》ぎに遭ったことを話す。

「まさか、本当だったの⁉」

「エリー、声は小さくね。これから、大切なことを伝えるから」

オパールは頷いて応えると、声を潜めてエリーに告げた。

先ほど着替えたときジュリアンと相談して、テラルト国の過激派について、ある程度エリーに伝えることにしたのだ。

「ミカエルの最近の話を聞いていてわかっていると思うけれど、彼は共和制を望んでいるわ。それ自体は悪いことではないけれど、問題はやり方なのよ」

「やり方？」

「ええ。あまりに急進的すぎるでしょう？　それはたぶん、テラルト国で……言い方は悪いけれど唆されてしまったのね。理想とする国をミカエルに吹き込んだ人がいるのよ」

「それは……私も思っていたわ。昔のミカエルをそれほど知っているわけじゃないけれど、あんなに傲慢《ごうまん》で偏狭じゃなかったはずだもの。ただ鉄道が好きってだけで……」

オパールがそこまで言うと、エリーはあっさり受け入れた。

もっと驚くか怖がるかすると思っていたオパールは、拍子抜けした。

またエリーを見誤っていたようだ。

「まだ私たちの推測でしかなくて、大変な時期のエリーを怖がらせてしまうだけなんじゃないかって黙っていたんだけど、この国には莫大《ばくだい》な埋蔵金があるって噂があってね、それを狙っている人たちがいるの」

「埋蔵金？　何、それ。そんな物語みたいな……」

エリーは笑ったが、オパールの表情を見て冗談ではないと察したらしい。

笑顔を引っ込めて、ため息を吐いた。

「それでわかったわ。ミカエルがやけに自信満々に鉄道事業の話をしているのは、その埋蔵金とやらを見つけて使ってしまおうってわけね。当然、埋蔵金を狙っている人たちは鉄道なんて興味ないでしょうから、ミカエルは騙《だま》されているんだわ」

「ええ。ミカエルがこの国で主導権を握れば、埋蔵金は探しやすくなるから。ただ、そのためには……」

「私が邪魔なのね？」

「正直なところはそうだけど、それをミカエルに言うわけにはいかないでしょう？　ミカエルは悪人ではないもの」

「そうね。それでミカエルと一緒にいるように言ったの？　ミカエルといれば、私は狙われないから」

思った以上に飲み込みの早いエリーに、オパールはまた驚かされた。

そんなオパールに、エリーは得意げに笑う。

「私だってもう子どもじゃないのよ。アレッサンドロ叔父様にはそう伝えておいてくれる？」

「ぜひ、そうさせて。きっと驚かれるわよ」

オパールはそう答えながらも、過激派の本当の目的がこの国の乗っ取りだとは言わなかった。

さすがにそれは酷だろう。

この国を乗っ取れば、埋蔵金なんてはした金に思えるほどの財産――すべての鉱脈を手に入れることができるのだ。

それは世界の経済を混乱させるほど多大な影響力を持つに等しい。

要するに、エリーはこれからその力を手に入れることになる。

そこでふと、オパールは何かが引っかかった。

「それで、埋蔵金なんてどこから出た話なの？　昔からこの国には金は出ないのよ。鉄鉱石と石炭、あとは硫化鉄……。最近になってたくさんの鉱脈が発見されたから豊かな資源国だの何だのって言われるようになっただけ。とにかく、昔は貧しかったんだから、埋蔵金なんて無理よ。それとも、どこかの海賊が洞窟《どうくつ》に隠しているとか？」

何だろうとオパールが考えているうちに、エリーが興味津々で訊《き》いてくる。

その内容に、オパールは埋蔵金の答えを見つけた気がした。

だが、いろいろな謎が解けていくようで、最後にやはり引っかかる。

「オパール、大丈夫？」

「え？　あ、ごめんなさい。エリーがすごくしっかりしているから、何を話しても大丈夫そうだなって考えていたの」

「大丈夫よ。私が狙われているって聞かされても平気だったんだから」

そう言って笑ったエリーは、そこではっとする。

「ひょっとして、前に誘拐されたのも……ロランのことも、埋蔵金目当てだったの？」

「それは……」

つい先ほどまで、命を狙われているのがわかっても平気そうに笑っていたのに、今はロランのことで傷ついている。

乙女心は難しすぎて、オパールは返事に詰まった。

ところが、エリーはしばらく沈黙した後、またにっこり笑う。

「まあ、ロランのことはもういいの。かっこいいなって思ってたけど、本当に好きだったわけじゃないし。それに、ジュリアンのほうがずっとかっこいいもの」

「待って。ジュリアンはダメよ。かっこいいなんて、幻想だから」

無理をして笑っているわけじゃなさそうだと安堵したのもつかの間、エリーはとんでもないことを言いだした。

慌ててオパールが止めると、エリーは楽しそうに声を出して笑った。

本当に乙女心はわからない。

「わかっているわよ。ジュリアンはダメよね。うん。本当に幻想だと思うわ。でも、半年前の私なら、本気で好きになっていたでしょうね」

「……からかったの？」

「そういうわけじゃないけど、オパールの焦り様がおかしくって」

オパールは自分が年を取ったなと実感しつつも、エリーの笑顔が嬉《うれ》しかった。

つられてオパールも笑い、そこにノックの音が響く。

応じれば、ナージャが入ってきた。

「お楽しみのところ、申し訳ありませんが、そろそろご準備なさいませんと……」

「あら、もうそんな時間？」

本来ならエリー付きの女官の仕事だが、話を聞かれないためにも、ナージャが控えてくれていたのだ。

女官たちもナージャに任せれば、自分たちはゆっくりできるので特に揉《も》めることもなく役割を譲ったようだ。

「じゃあ、エリー。この後は足下が悪いからそのつもりでいてね」

「わかったわ」

動きやすい服装でと声をかけながら、オパールは坑内での危険について念押ししたのだ。

その意味を理解して、エリーも頷《うなず》く。

その後、オパールはソワイエの待つ指揮室へ向かいながら、埋蔵金を隠しているのがエッカルトであるとエリーに伝えていないことを思い出したのだった。

16 坑道

坑道内どころかそこまでの道程でも、危険はたくさんあり、オパールは注意深く進んでいた。

ただ、オパールたちに危険がある——事故が起きるかもしれないということは、そこで働く者たちも同様である。

エリーとミカエルは、その過酷な重労働にショックを受けているようだった。

前もって、視察の間もこちらに気を遣う必要はないと伝えていたので、ソワイエは忖度《そんたく》もなく言伝通りに皆に仕事の手を止めさせることはなかったのだ。

そのため、余計に皆が日頃からどのような仕事をしているのか、エリーやミカエルに十分伝わったらしい。

オパールも知ってはいたが、やはり小さな子どもまでもが、荷車から落ちた鉱石を拾い集めたり、坑道内を支える柱にするための木を削っている姿はできれば目を逸らしたいものだった。

「まあ、坑内といっても、実際に鉱石を掘り出している現場までは出向かれても邪魔ですし、危険ですので、基幹坑道だけでよろしいでしょう?」

蒸気機関での排水装置やトロッコなどの駆動音があまりに大きく、ソワイエは声を張り上げる。

それでもよく聞こえないほどだったが、はっきり「邪魔」と言ったのは聞こえた。

それには触れず、オパールも大きな声で答える。

「ええ、それでかまわないわ。ここの設備はだいたいわかったから」

鉱石が積まれたトロッコを必死に押す十代前半の少年の邪魔にならないよう、オパールたちは基幹坑道内の端に寄った。

少年はちらりとオパールたちを見て、また前を向く。

子どもたちだけでなく、女性も老人も皆が小さな灯りを頼りに働いているのだ。

エリーとミカエルは坑道を出ると大きく息を吸ったが、粉塵《ふんじん》まで吸い込んでしまい咳《せ》き込む。

その様子を、彼らは馬鹿にしたように見ていた。

「――まさか、ここまで酷いとは思わなかったよ！　やはりすぐにでも対策を取らなければ！」

「オパール、私たちに何ができると思う？」

指揮室に戻ったミカエルは信じられないとばかりに訴えた。

だが、エリーは落ち着いた様子でオパールに問いかける。

そんなエリーに、ミカエルは苛立《いらだ》ったようだ。

「エリー、そんな悠長なこと言ってられないよ！　子どもたちを見ただろう？」

「ええ、でも……」

「ミカエル、あなたが問題にしているのは子どもたちだけなの？」

「もちろん違う！　だが、子どもたちだけでも今すぐ救い出してあげなければならないでしょう⁉」

「あなたが見たものはほんの入口でしかないのよ？　あの場所に成人男性がほとんどいなかったの

はなぜだと思う？」

「もっと奥で働いているのでしょう？」

「ええ、そうよ。坑内のもっと奥深く、暗くて狭い場所で、岩盤崩落や水没の危険に常に晒《さら》されながらね。あなたが以前言ったように、みんな命がけで働いているわ。そして、そこには子どもたちもいるの」

「それなら、なおさら放っておけないでしょう！」

感情的なミカエルを相手に、オパールは努めて冷静に告げた。

ソワイエは三人のやり取りを黙って見ているだけだ。

「子どもたちをここから救い出したとして、どこへ連れていくつもり？」

「それは……」

「彼らの両親や兄弟、家族はみんなここにいるのよ？　そしてその家族もずっとここで同じように子どもの頃から働いて暮らしてきたの」

「それでは一生ここから抜け出せないじゃないですか！」

「確かにそうね。では、ここにいる子どもたちが抜け出したとして、次に誰がここで働くの？　このような場所は各地にたくさんあるわ。そこで働く人たちは？　彼らの働きがあって、あなたは生活しているんじゃないの？　日々の食事も、衣服も、遊学でさえも、その暮らしにかかる資金はどこから出ているの？」

そこまで言われて、ミカエルはようやく気づいたようだ。

自分は安全な場所から傲慢《ごうまん》な理想論を押しつけているだけだと。

「で、ですが、子どもたちだけでも働かなくていいようにすればいいのです！　オパールが経営している鉱山ではそれができているのでしょう⁉」

「ミカエル、いい加減にして！　あなたのそれは、教えを乞《こ》う態度じゃないわ！」

それでも反論するミカエルに、エリーの怒りが爆発した。

その勢いにミカエルは気圧され押し黙る。

エリーは小さく息を吐いて、オパールとソワイエに向き直った。

「オパール、ソワイエもごめんなさい。私たちは知るべきことを今まで何も知らなくて動揺してしまったの。でもここを、この国を改善したいと、私もミカエルも強く思っているわ。だからどうか、私たちが何をするべきなのか教えてください」

エリーの謙虚で真摯《しんし》な態度に、ソワイエは驚いたようだ。

ミカエルももう何も言わず口を閉ざしている。

オパールはエリーとミカエルに向けて、しっかり頷いた。

「わかったわ、エリー。あなたが望むなら、私は意見を言うことはできる。ソワイエもそうだと思うわ。だけど、それからどうするかは、あなたが――あなたたちが決めるのよ」

「ええ、ありがとう」

「……お願いします」

エリーがオパールにお礼を言うと、ミカエルも頭を下げた。

ソワイエは目を見開き、改めて三人を見ている。

まさかエリーやミカエルほど身分の高い者が自分に教えを乞うとは思ってもいなかったのだろう。

オパールはエリーが認められたようで嬉しかった。——まだまだ気は早いが。

「まず、私もソワイエに訊きたいのだけれど、このシタオ鉱山の採掘量はどう？　昨日見せてもらった坑内図では、ずいぶん深くまで掘り進められていたけれど、それだけのものは得られているの？」

「そうですね……」

ソワイエは答えながらも、エリーをちらりと見た。

やはりオパールは部外者であり、採掘量を教えてもいいものかとためらっているらしい。

それに気づいたエリーは、かまわないというように頷いた。

「……かなり質は落ちています。不純物が……燐《りん》の含有量が多いのです」

「では、率直に訊くわ。新しく設備投資をして、それに見合うだけのものは産出できるのかしら？」

「……不可能です」

「ということは、やはり今の状況で……子どもたちも働く必要があるということね？」

「……おっしゃる通りです」

エリーの許可を得てもなお、曖昧《あいまい》なソワイエの回答は、この鉱山を守るためのものだ。

このままでは、閉山は避けられない。

オパールは窓から見える景色に思いを馳《は》せた。

ここは外貨獲得のために、このルメオン公国を昔から支えてくれた山なのだ。

だが、もう穴だらけで、活用できる鉄鉱石よりも溢《あふ》れる地下水のほうが多いのだろう。

それは甚大な事故を引き起こす可能性がかなり高いことを意味する。

ソワイエは責任者として、かなり神経を使って採掘計画を立てて進めてきたのだろうが、もう限界なのは間違いなかった。

なぜそれが報告されていないのか、もしくは報告されていてもエッカルトたちが採掘を強要しているのかはわからないが、ソワイエの反発の理由もわかった。

（まさか、この穴だらけの鉱山のどこかに埋蔵金を本当に隠してある、なんてことはないわよね……）

この古い鉱山なら、忘れられ藪に隠れた坑道の一本や二本はありそうだった。

しかし、金塊を鉱夫たちに知られずに運び込むなどとうてい無理である。

だからといって、現金を——紙幣をそのまま隠すにしても、地下水が多く、時には水没してしまう坑道内に隠すなど愚行でしかない。

オパールがつい埋蔵金について考えていると、焦れたようにミカエルが口を挟んだ。

「それでは新たな設備投資をせずとも、採掘量を減らせばいいじゃないか。そうすれば、子どもたちや女性、老人まで働かなくてもいいだろう？」

名案とばかりに発言するミカエルは無邪気そのものである。

ミカエルなりの前向きな意見を否定するのは心苦しいが、採算というものを理解してもらわなければならない。

「採掘量を減らすのは簡単だけど、それでは採算が取れないのよ。先ほどソワイエが言っていたような質の悪い鉄鉱石では、売却時の値がそれだけ落ちるということだから、量が必要になるの。ここで暮らす人たちの生活を支えるだけの鉄鉱石——鉄を得るためには、今の採掘量を維持する必要があるわ。そして、そのためには子どもたちも働かざるを得ないの」

「では、もうこの山を閉めればいいじゃないですか」

オパールの説明でミカエルはすぐに理解したようだが、その結論はあまりに性急すぎる。

飽きたからといって簡単に捨てられる玩具《がんぐ》とは違うのだ。

オパールがどう答えるべきかとためらっていると、エリーがミカエルを窘めた。

「物事はそんなに簡単には進められないわ。よくわからないけれど、閉山するにも準備がいるでしょうし、ここで働く……暮らしている人たちだって困るでしょう?」

「閉山については私も何もわからないが、ここの人たちについては簡単だよ。違う場所に移ればいいんだ。ちょうど新しい鉱脈が見つかったんだから、そこで働けばいい。しかもオパールの言う設備投資をすれば、子どもたちが働かなくてもよくなるんだろう? 最高じゃないか」

古い習慣に囚われ身動きできなくなるよりも、何事にも変化は必要だとオパールは常々思っている。

それでも、急激な変化は摩擦を生み、問題を起こしかねない。

しかも、先祖が切り開き、家族や友人たちと苦労しながら長年暮らした土地を離れるとなると、心身ともに大きな負担となるだろう。

それを簡単に「最高」などとは言えないのだ。

「……ミカエル、私はこれからのこの土地についての計画を、あなたに話すことに抵抗があるわ」

「なぜですか⁉」

「それは自分で考えてちょうだい。エリー、悪いけれど、今日はこれで終わらせてもいいかしら？」

「ええ、かまわないわ」

「エリー！　君まで私のことを蔑《ないがし》ろにするつもりなのか⁉」

すべてにおいて時間がないというのに、このままではミカエルが障害となって何も進まない。

オパールの判断にミカエルは納得がいかないようだったが、もう相手にしなかった。

エリーもそんなオパールの意図を汲《く》んで承諾してくれる。

だが、ミカエルは子どものように駄々をこねているだけでしかない。

エリーは少ない時間で懸命に勉強し、よき君主になろうと努力しているというのに、七歳年上のミカエルが足を引っ張っているのだ。

オパールはいい加減に我慢できなくなって、ミカエルを厳しい目で見据えた。

「あなたは自分で考えることもできないの？　あれがしたい、これがしたいと言うばかりで、何ひとつ自分で動こうともしない。理想を語るだけで、目の前に突きつけられた現実を受け入れられない。あなたは恵まれた環境に満足も感謝もせず、ただ高いところから文句を言うだけで、努力している人たちの邪魔をしているのよ」

「え？　な、オパール……？」

「手も足も頭も動かさないなら、そのうるさい口を閉じていなさい！」

ミカエルにとって、オパールはずっと優しく微笑み、話を聞いて理解を示してくれる女性だった。

それが急に厳しく突き放し、冷たく侮辱してくるのだから理解できなかった。

そんなミカエルを見て、ソワイエが噴き出す。

ソワイエが笑顔を見せるのは、ここに来て初めてだった。

17　密入国

ミカエルの邪魔で話し合いが頓挫《とんざ》した後、オパールはソワイエから夕食に招かれた。

ソワイエは官舎ではなく、その隣にある一軒家で暮らしているのだ。

主賓はエリーで、ミカエルとジュリアンは招待されていないことが、ソワイエの心情をよく表していた。

ソワイエはエリーを受け入れたのだ。

「――そういえば、子爵のお姿をお見かけしませんが、ずっと部屋にこもっていらっしゃるのですか？」

「え、ええ。兄は……皆様のお邪魔をしないようにと、部屋で本を読んで過ごしているようです」

「では、なぜこちらにいらっしゃったのですか？」

「それは……」

食事が始まり、はじめは他愛ない会話内容だったのが、急にジュリアンについて訊《たず》ねられ、オパールは内心で驚き焦っていた。

だがソワイエの疑問も当然ではあるので、苦しい言い訳をしているふりをして、ちらりとエリーを見る。

エリーはその視線に気づいて、困ったように微笑んだ。

ジュリアンがエリーにアプローチしている話がここまで知られているかはわからないが、これで何となく伝わっただろう。

ソワイエは片眉《かたまゆ》を上げただけで、特にそれ以上は触れなかった。

仕事の邪魔をしないのなら、どうでもよいのだろう。

単に興味本位で質問しただけだったようで、話題はすぐに別のものに変わった。

ジュリアンが勝手に出歩いていることは、知られていないようだ。

オパールがほっとしたのもつかの間、ソワイエは天気の話題から今度はエリーにミカエルのことを訊ねた。

「マーチス卿《きょう》は今まで何をなさっていたのですか？」

「……七年弱、テラルト国で学んでおりました」

「ああ、それで……」

ソワイエの質問に、エリーはどこか気まずそうに答えた。

今日のことが身内として恥ずかしいのだろう。

だが、ソワイエはなぜか納得したようで、オパールは気になった。

「テラルト国に留学していたことと、ミカエルの……理想主義に何か関係があるのでしょうか？」

「ああ、いえ……そういうわけでは……」

オパールが率直に問いかけると、ソワイエは言葉を濁す。

その態度はソワイエらしくなく、エリーも気づいたようだ。

「ミカエルのことはかまいませんから、話してくださいませんか？」

エリーはこの短期間でその場の空気や言葉の機微を読めるようになってきた。

今のエリーを見ていると、前大公――エリーの父親が人心を掴《つか》むのが上手く、明君と言われていたことを思い起こさせる。

オパールはエリーを頼もしく思いながら、ソワイエの返事を待った。

「……テラルト国ではこの国よりずっと早くから鉱山開発が行われていました。ですから、この国の鉱山の近代化のためテラルト国から技術者を招聘《しようへい》して指導していただいたのです。ですが、テラルト国で革命が起こったとき、家族が心配だからと皆引き上げていきました。その後……」

先代大公が即位して間もなく、鉱山の近代化のためにテラルト国から技術者を招聘し、各鉱山の建設計画を立案建議し、機械化も進めていったことは知っていた。

だが、テラルト国での革命が隣国のこの国の鉱山開発にまで影響を及ぼしていたことに、オパールは思い至りもしなかったのだ。

（うわべだけの知識で、知ったつもりにまたなっていたんだわ……）

小さい頃のことだから、隣の国のことだからと、テラルト国で起こった革命について、もっと深く学ぼうとしなかったことを、オパールは改めて反省した。

この国の鉱山技術がひと昔前のままであるのは、テラルト国の技術者たちが引き上げていったことも要因だったのだ。

「その後ってことは、革命の後のこと？　話しにくい内容なら、ここだけの話として、私とオパールの胸の内に収めるので、続けてください」

オパールがあれこれ考えているうちに、言い淀《よど》むソワイエをエリーが促した。

その言葉に同意するように、オパールは頷《うなず》く。

すると、ソワイエは勇気づけるようにワインを飲み干し、グラスを置いた。

意外にもソワイエは酔っているようだ。

「……革命によって、テラルト国では多くの血が流れました。知り合いの技術者も亡くなったと聞いております。だが、彼らの犠牲をもってしても、国はたいして変わっていないようです。むしろ、鉱山で働く者たちの扱いは酷くなったらしい。何せ、あの国の山は古くから掘られている。枯渇するのも当然というもの。それなのに、政府はそれを許さない。そのため、技術者も鉱夫たちもこの国へと逃げ込んできています。ですから、新しい削岩機や排水機、送風機などに刷新しても扱える者はいるのです。だが採算が取れない。それでも、この山を閉めて皆はどこへ行けばいいというのですか？　マーチス卿の言う新しい鉱脈？　そこに年寄りも連れて？　そもそも仲間たちを置いていくのですか？」

ソワイエはため込んでいたものを吐き出したように、大きく息をついた。

この地では老人たちも働いてはいるが、新しい鉱脈で最新設備が導入されれば、非力な者に働く場は――居場所はない。

それでも家族のいる者は養ってもらえるが、独り身の者たちは生きていくこともままならなくなるのだ。

また、ソワイエの言う仲間とは、墓地に眠る多くの死者のことだろう。

オパールは、墓地で出会ったネルのことを思い出した。

彼女も家族はもうおらず、遠くへは行けないと言っていた。

それなのに自分のことよりも若い人たちのことを――未来を心配していたのだ。

オパールがエリーをちらりと見ると、答えを探して悩んでいるようだった。

この場でソワイエに閉山するつもりはないと言うのは簡単である。

だが、安請け合いすることもなく、真摯《しんし》に答えようとする姿は立派に見えた。

「――テラルト国から逃げてきた鉱夫たちは、皆がこの鉱山にいるのですか？　それとも、他の鉱山でも働くか、別の仕事を見つけるかしているのかしら？」

「それは……」

「心配しなくても、彼らを不法入国者として捕まえようとしているわけじゃないわ。貴重な労働力ですもの。ただ、正確でなくてもある程度人数を把握はしておきたいの」

オパールに質問されて、ソワイエはわずかに酔いが醒《さ》めたのか、居心地悪そうに姿勢を正した。

そこで安心させるべく付け加えると、納得したようにほっと息を吐く。

「そうですね……。私が把握しているだけでも、六百人ほどでしょうか」

「そんなに⁉」

エリーの驚きの声に、ソワイエはびくりとした。

だが、すぐにエリーは申し訳なさそうに謝罪する。

「ごめんなさい。責めているわけじゃないの。ただ驚いただけ」

エリーの素直さにオパールは思わず微笑んだ。

とはいえ、ソワイエに訊《き》きたいことはまだある。

「その人たちはみんな鉱夫なの？　他の……たとえば、町から逃げてきた人などはいないのかしら」

「さあ、どうでしょう。鉱夫たちは、やはりこの鉱山を目指してやって来ますから、把握していますが、他の者たちについては……そもそも、逃げてきた者がいるのかどうかもわかりません」

「それはそうよね……」

オパールはそう言いながら、過激派の潜伏者について考えた。

テラルト国の革命時に亡命していたのは貴族だけではない。

そのため、ソシーユ王国は国境警備をかなり厳しくし、一般庶民の流入を阻止していた。

それが今も続いているのは、共和主義の者を排除するためなのだ。

だがやはり、密入国者はどうしても避けられない。

ただし、彼らのほとんどは生活が苦しく逃げてくるのだから、共和主義支持者でもないだろう。

「逃げてきた鉱夫たち全員にここで働いてもらうのはさすがに無理でしょう？　ひょっとして、他の鉱山を紹介しているの？」

「……はい」

オパールの確信を持った問いかけに、ソワイエはしぶしぶ認めた。

ジュリアンが言っていた通り、ソワイエは鉱山師の中でも顔が広いからこそ、他の鉱山に紹介できるのだ。ということは、それだけ情報通でもある。

埋蔵金や密輸出について知っているのか探りたい気持ちを抑え、オパールは会話を続けた。

「だとしたら、感謝しないといけないわね。熟練の鉱夫は貴重だもの。ねえ、エリー？」

「え、ええ……」

はっきり言えば、密入国者の手助けなどは犯罪行為になるため、本来なら処罰される。

しかし、オパールはエリーも巻き込んで、大丈夫だとソワイエを安心させた。

ここまでソワイエが情報を与えてくれるのも、ミカエルとのやり取りがあったからだ。

そういう意味では、ミカエルにもオパールは感謝した。

「テラルト国の鉱石の産出量が減っていることは知っていたけれど、貴重な技術者たち――鉱夫たちが逃げ出すほどだとは思わなかったわ。ということは、彼らは新政府に不満を抱いているのでしようね」

「はい、そうだと思います。不満というよりも嫌悪しているようですね。酔っては、よく文句を言っていますから」

「では、この国でも気をつけないと、貴重な人材が流出してしまうわね」

オパールは言いながら、エリーに同意を求めた。

すると、エリーは大きく頷く。

「これから改善していくつもりよ」

この町の治安が悪いのは、現状に不満があることも大きい。

憂さ晴らしのために酔って暴れる者が一定数おり、それを放置することで常態化してしまうのだ。

エリーの言葉に安堵《あんど》するソワイエを見ながら、オパールは情報を整理していた。

それからはまた他愛ない話をして、ソワイエの邸宅を出て官舎に戻る。

護衛に付き添われたエリーと部屋の前で別れ、自室に入ったオパールはジュリアンが留守でも驚かなかった。

「ジュリアン様はお出かけになっておられますので、私が代わりにお夕食をいただきました」

役得です、とばかりに言うナージャに、オパールは笑った。

勝手な行動をとるジュリアンを怒る気にもなれない。

おそらく町の飲み屋かどこかに紛れ込んでいるのだろう。

ということは、オパールが今夜得た情報は彼もしっかり掴んでくるに違いない。

明日にはここを発つ予定ではあるが、この短い滞在でも十分な収穫があった。

オパールは明日のことを考えて、ジュリアンを待つことなく寝支度をしてベッドに入ったのだった。

18 演説

翌朝、目覚めたときにはジュリアンは隣のベッドで寝ていた。

いつ帰ってきたのか気づかなかったが、とにかく無事だったことにほっとする。

静かに起き出して着替えが終わったとき、ジュリアンが寝室から出てきた。

きっとしばらく前から起きていたのに、オパールが着替え終わるまで気を遣っていたのだろう。

わかりにくい気遣いにオパールは内心で微笑みながら、ジュリアンに声をかけた。

「昨夜は収穫があったのでしょう？」

「まあまあだな。お前は？」

「まあまあね」

あっさりとした会話だけで、ジュリアンは顔を洗うと、寝室に戻っていった。

ジュリアンは一人で着替えるので、その間にナージャが朝食を運んできてくれる。

そして、ちょうどお茶を淹れてくれたところで、ジュリアンが戻ってきた。

「そういえば昨日、お墓参りの途中で追《お》い剥《は》ぎに遭ったのよ」

「らしいな。わざわざテラルト国側の街道から出張してきたとか」

「そちらから？　それはさすがに予想外だわ」

テラルト国側の街道とは、オパールが以前通ったソシーユ王国とを繋《つな》ぐ街道ではなく、テラルト国へ続く街道なのだが、そこからこの国へ入るには許可証がいるはずだった。

しかも、この鉱山町までは微妙に遠い。

あれから後をつけさせた護衛の報告を聞く暇がオパールにはなかったので、ジュリアンが代わりに聞いたのだろう。

オパールは呆《あき》れの交じったため息を吐き、密入国者の話題を出した。

「この国にはソワイエが把握しているだけで、六百人の鉱夫たちがやって来ているらしいわ。現政権には不満を持っているそうだけれど、過激派はいると思う？」

「それだけの人数だと、過激派かどうかは問題じゃない。やつらは不満を募らせているからな。暴れられるなら、理由なんてどうでもいいってやつらが多そうだ」

「ということは、彼らの中に過激派の工作員がいれば、一斉蜂起もあり得るってこと？」

「その可能性は大きい。というより、ピエールはそれを狙っているっぽいな」

「……では、蜂起させないように不満を解消すればいいのね」

朝食を食べながらするには物騒な話で、傍で聞いているナージャも本来なら不安になってもおかしくなかった。

それが不思議と怖くないのは、オパールとジュリアンが話しているからだろう。

この二人が関わっているなら大丈夫だと思えるのだ。

一人微笑みながらナージャが出発の準備のために下がると、オパールは本題に入った。

「あんなに大雑把に私を狙ってくるぐらいなんだから、過激派は焦っているのかしら。ジュリアンは大丈夫だったの？」

「ここでは引きこもっていることになっていたから、特に何もなかったな。大公宮でのほうが忙しかったよ」

「大公宮で？　いつの間に？」

「腹痛で寝込んでいるときに、薬の代わりに毒が渡されたのが一回。宮内をぶらぶら歩いているときに、花瓶が上から落ちてきたのが一回。なぜか破落戸《ごろつき》が現れてナイフを突きつけられたのが一回」

「……毒はともかく、あとは雑すぎない？」

「だよな。ピエールは部下に恵まれなかったらしい」

「そうね……」

昨日の追い剥ぎの件を考えても、優秀な人材は少ないように思える。

ただ、毒の件もそうだが、エリー誘拐の工作などを考えると、油断できないことは確かだった。

「……よくある話ではあるけど、実は過激派も分裂して二派あるとかじゃないわよね？　もしくは他にも埋蔵金を狙う組織があるとか」

「ないことはないな」

「だとしたら、ミカエルを唆しているのはどちらかしら。私、昨日ミカエルにケンカ売っちゃったから、頭上に気をつけたほうがいいのか、毒に気をつけたほうがいいのか悩むわ」

「そういや、その話で昨日の酒場は盛り上がっていたぞ。ケンカっ早いのは誰に似たんだか」

「ジュリアンでしょ？　それよりも、どうして酒場がその話で盛り上がるの？　ソワイエが話したとも思えないんだけど」

「それはもちろん、俺が話したからに決まってるだろ。盗み聞いたって言ったら、新顔でもあっという間に仲間に入れた」

「友達を作るために妹を売ったわね？」

オパールは笑いながら苦情を言い、話題を変える。

「ところで、その密入国した人たちが鉱石を密輸出しているなんてことはあるかしら？」

「十分あるだろうな」

「ソワイエは親切心から受け入れているのに、裏切られているのね」

「すべてがお綺麗《きれい》なもんじゃないからな」

ソワイエはたとえ情報を持っていても沈黙しているだけで密輸出には関わっていない。

そう思うのは直感でしかなかったが、ジュリアンも特に否定はしなかった。

オパールは残念に思いながらお茶を飲み、カップを置いて席を立った。

出発までもう少し時間がある。

その前に少しだけエリーと話をしたくて、ナージャに声をかけてから部屋を出た。

「――エリー、おはよう」

「おはよう、オパール。もう準備はできているわ。遅刻したりしないわよ？」

ノックの後に部屋に入ったオパールに、エリーは挨拶《あいさつ》を返して悪戯っぽく続けた。

すると、傍に控えていた女官たちがくすくす笑う。

ずいぶん女官たちとも打ち解けたようで、オパールは安心した。

この調子なら、オパールがタイセイ王国に帰っても、きっとやっていけるだろう。

「少し時間はあるかしら？」

「ええ。それは大丈夫だけど……」

オパールの問いかけにエリーが不思議そうにしながら答えると、女官たちは気を利かせてそっと出ていく。

ひょっとすると控室で聞き耳を立てているかもしれないが、それはかまわないのでオパールは話し始めた。

「実は伝え忘れていたことがあって。昨日、お墓にお参りしたとき、ネルという年配の女性に会ったの」

「ええ、それで？」

「その方は私の友人を知っていて、無事を喜んでくれたわ。ご自分のご家族をここで亡くされているのに、そのことを恨むでもなく、ただみんなの心配をしていたの。そして、公女殿下への伝言を預かったわ」

オパールがそう言うと、エリーはすっと背筋を伸ばした。

公女として、近い将来の大公として、民の言葉を受け止める覚悟がエリーにはきちんとあるのだ。

「私はもう遠くへは行けないけど、ここで暮らす若い子たちを助けてほしい、と。それだけよ」

「とても重い言葉だわ。私たちが今までずっと見過ごしてきた結果だもの」

「そうね」

オパールの口から伝えられた言葉をのみ込んで、エリーは微笑んだ。

初めてエリーに会ってからまだたったの数カ月なのに、驚くほど強くなった。

顔つきもまったく違う。

オパールは嬉《うれ》しく思いながら、持っていた手紙を差し出した。

「これはソシーユ王国のマクラウド公爵から私宛ての手紙だけれど、出発までもう少し時間はあるから、それまでにエリーにも読んでほしいの。本当はもっとゆっくり話せるときに相談したかったんだけど、ここを出る前に知っていてほしくて」

「……わかったわ」

ヒューバートからの手紙には、オパールが公国へ訪問する前からクロードにも相談しながら進めていた計画――ルメオン公国とソシーユ王国とを結ぶ鉄道計画での王国側の許可を取得することができたと書かれている。

問題はルメオン公国側の技術者と作業員、そして資金だったが、どうやらそれも解決できそうだった。

今のエリーなら傍にオパールがいなくても一人で考え、決断できるだろう。

オパールはこの計画についてのエリーの考えを聞くのを楽しみにしながら、自室へと戻った。


そして、いよいよ出発の時刻。

オパールはここに来てから日中聞こえていた作業音とは違う騒がしさに、警戒しながら窓から外を覗《のぞ》いた。

まさかとは思っていたが、想像通り官舎前に止められた馬車の周辺に、多くの人が集まっている。

到着時にはいっさいの出迎えもなく、誰も作業の手を止めることはなかったというのに、この状況は正反対だった。

「……どういうこと？」

「ソワイエが公女殿下一行を見送ることにしたんだろう」

隣に立ったジュリアンは呑気《のんき》に答えた。

そんなジュリアンをオパールは疑わしげに見る。

確かに昨夜の夕食の席で、エリーに対するソワイエの印象は変わっただろう。

希望さえ持ったかもしれない。

だが、町の人たちまでエリーたちを好意的に見送ろうとしている様子は、ソワイエだけの影響ではないのは間違いなかった。

「いったい、昨夜は何を話したの？」

「大したことじゃない。お前の大好きな理想だよ」

しれっと言うジュリアンの腕を軽く肘《ひじ》で突くと、大げさに痛がる。

オパールはふんっと鼻を鳴らして、部屋を出た。

すると、エリーがミカエルと不安そうに立っていた。

「エリー？」

「オパール！　外に大勢集まっているって聞いたの。何か問題があったのかしら？」

「いえ、たぶん大丈夫よ。どうやら見送りに集まってくれているようだわ」

「見送りに？」

エリーの部屋は反対側なので、外の様子はミカエルが伝えたのだろう。

ミカエルを見ると、気まずそうにオパールから顔を逸らす。

昨日のことをミカエルは引きずっているようだ。

エリーは見送りと聞いて、眉《まゆ》を寄せた。

やはり到着時との違いに戸惑っているらしい。

「たった三日間ではあるけれど、エリーの熱意に気づいたんじゃないかしら？」

「それだけで……？」

「じゃあ、絆《ほだ》されたのよ」

「ええ……」

オパールが励ますように言うと、エリーは困惑しつつも笑った。

そこにジュリアンがやって来る。

「エリー、どうか僕に馬車までエスコートさせてくださいませんか？」

「すぐそこよ」

まるで舞踏会に出席するかのように、恭しく頭を下げて手を差し出すジュリアンを見て、エリーはさらに笑った。

そこにミカエルが割り込む。

「エリーは私が連れて出るのでおかまいなく」

「ミカエル！」

「何だい？　もしかして、彼にエスコートされたかったのか？」

「そういうわけじゃないけど、ジュリアンに失礼よ」

「エリー、庇《かば》ってくれるのは嬉しいけど、ちょっと傷ついたよ」

「え？　あ……」

保護者ぶって勝手に断るミカエルをエリーは怒ったが、ジュリアンが笑いに変えて収める。

だがこれで、ミカエルがエリーをエスコートすることになり、集まった大衆に紛れて過激派がいてもエリーは狙われないだろう。

過激派だろうが別の組織だろうが、ミカエルを利用しようとしているのは間違いないのだ。

問題はジュリアンだが、エリーからかなり離れて歩いている。

オパールが心配して振り返ると、気にするなというように片手で払われてしまった。

いきなり撃たれることはないだろうが、何かをきっかけに民衆を扇動して混乱させ、標的の命を狙うことはあり得ないわけではない。

人々の中には護衛も交じって警戒はしているはずだが、絶対ということはないのだ。

表に出たら、愛想よく手を振って早々に馬車に乗り込むに限る。

オパールとしては、出発前にエリーと一緒に少しだけソワイエと話ができたらと思っていたのだが、諦《あきら》めることにした。

エリーが鉄道計画を進めるなら、また機会はあるはずなのだ。

そう考えていたオパールは、エリーが官舎を出てすぐに立ち止まったことに驚いた。

「エリー？」

エリーの立つ場所は皆より数段高いために、よく目立つ。

しかも馬車の陰にならない場所に移動したのだ。

オパールはエリーの真意を悟って、とにかく周囲に不審な動きをしている者がいないか目を配った。

体を鍛えているわけでもないオパールに大したことはできないが、盾くらいにはなれるだろうと立ち位置を変える。

また、ミカエルもエリーの行動に困惑しているらしい。

おかげでエリーより少し前に立ってしまっており、オパールの反対側で盾になっていた。

ジュリアンはまだ官舎から出てきていない。

そんな周囲の動揺をよそに、エリーは震える両手をぎゅっと握りしめ、すっと息を吸ってからいつもより大きな声で皆に語りかけた。

「このたびは皆さんのおかげで、ここでどのように鉱石が採掘されているのか、学ぶことができました。また、どれほど大変なお仕事かも知ることができ、感謝しております。ですが、今の状況は決して見過ごせるものではありません」

突然の公女の言葉に、集まった者たちは驚き静まり返る。

エリーはふうっと息を吐きだし、彼ら一人一人を見るようにゆっくりと見回した。

オパールも改めて人々を窺《うかが》い、一番後ろにネルがいることに気づく。

すると、エリーがこっそり訊《き》いてきた。

「ひょっとして、ネルさんがいる？」

「ええ。あそこに」

「わかったわ」

エリーは確認すると、ネルに向かうようにして再び口を開く。

「私はできればこの鉱山の労働環境をよくしたいと願っていました。ですがそれも、難しいことを知りました」

その言葉に、皆はざわつき始めた。

次に何を言われるのか、閉山を命じられるのかと不安なようだ。

「ですから、私はここで新しい事業を始めたいと思います！　それがたいそうな夢だと言われようと、諦めるつもりはありません！　そのためには、皆さんのお力が必要なのです。皆さんがこの地を離れることがないよう、子どもたちが過酷な労働をしなくてもいいように、お年寄りが安心して暮らせるように、どうかお力を貸してください！　今すぐには無理でも、近い将来必ず私はここへ戻ってきます！」

エリーはソワイエの言葉に返事をするように引用して、お願いし、約束した。

思いがけない公女の宣言に、官舎前は再び静まり返る。

だが、一人の男が大声を張り上げた。

「新しい事業って何だ⁉　そんな曖昧《あいまい》なもの、信用できるか！」

その言葉で、途端に「そうだ、そうだ！」と同意する声があちらこちらで上がる。

エリーは泣き出しそうだったが、逃げることはしなかった。

それよりも隣のミカエルのほうが怯《おび》えて数歩後退する。

徐々に野次が飛び始め、収拾がつかなくなりそうになったとき、ソワイエがすっと前に出た。

「皆、静かにしてくれ！　今ここに集まったのは、期待したからじゃないのか！　この町を、皆を、この苦しい現状から救ってくれるのは公女殿下しかいないと思ったからだろう⁉」

さすがと言うべきか、ソワイエの言葉に男たちは押し黙った。

ソワイエは野次を飛ばした男たちを睨《にら》みつける。

「公女殿下はこの町を、暮らしをよくしてくれると約束してくださったんだ！　そのために私たちに力を貸してくれとおっしゃったのに、応とも言わず、文句を言うだけか！」

今までどこか投げやりで気力がないように見えたソワイエの力強さに、オパールもエリーも驚いていた。

男たちもすっかりおとなしくなり、ソワイエはエリーに向かって頭を下げる。

「公女殿下、大変失礼いたしました。ここの者たちは皆、勤勉ですが、どうしても現状に不満と不安を持っております。その気持ちから暴走してしまいましたこと、皆を代表してお詫《わ》び申し上げます」

慇懃《いんぎん》に謝罪しながらも、しっかり嫌味が入っている。

それがソワイエらしく、エリーもオパールも思わず微笑んだ。

「ソワイエ、頭を上げてください。あなたが謝罪する必要はありません。もちろん、ここにいる皆さんも」

エリーが皆に向かって笑顔を見せると、わあっと明るい歓声が上がる。

改めてエリーはネルに向き直り、声をかけた。

「ネルさん、あなたからの伝言は受け取りました。ですからここで、あなたに約束します」

「へ？　あ、あたしかい？」

突然公女に声をかけられて、ネルは転びそうなほど驚いた。

それをすぐ傍にいる女性が支える。

「私は、皆さんがこの土地から離れなくてもいいように、若い人たちが未来に希望を持てるように努めます。それまでどうかお元気でお過ごしください！」

そう言って、エリーは笑顔のままで手を振った。

だが、その体は小さく震えている。

オパールはそっとエリーを引き寄せ、手を振り続けるエリーを馬車へと乗せた。

続いてオパールも乗り込むと、驚くべきことにジュリアンがすでに座っていた。

「ちゃんと車内も確認しろよ」

にやりと笑うジュリアンに、オパールは反論しかけて、その通りなので口を閉ざした。

そこに慌てた様子でミカエルが乗り込み、馬車はすぐに走り出す。

馬車が民衆の間を抜けて速度を上げると、それまで手を振り続けていたエリーはぐったりした。

オパールは未だ震えるエリーを抱きしめて、励まし称えるように静かにその背を優しく撫《な》でたのだった。

19　新聞

公女殿下一行が都に戻った翌朝の新聞は、シタオ鉱山でのエリーの演説記事で賑《にぎ》わっていた。

ほとんどが好意的な内容だったが、中には夢物語だの、他の鉱山は見捨てるのかだのといった批判記事もあった。

しかし、オパールの心配をよそに、エリーは気にしていないらしい。

「もう新聞記事にも噂にも、かなり慣れてきたわ。雑音は気にしない、でしょう？」

「ええ、その通りよ。だけど無理はしないでね。嫌なことは一人で我慢するより、誰かと共有したほうが心が軽くなれるから」

「聞いたことあるわ、それ。えっと、『悲しみは半分こ。喜びは二人分』ね？」

「そうよ」

いつもより明るいエリーに、オパールも微笑んで答えた。

エリーは昨日のことで自信がついたようだ。

これでまたひとつ肩の荷が下りたオパールは、いつも一緒に喜びと悲しみを共有してくれるクロードを恋しく思っていた。

リュドも元気なことはわかっているが、やはり早く会いたい。

そこに、ちょうどクロードからの手紙が届けられた。

オパールは喜びつつ、これからエリーと話し合う予定だったために開封を後にしようとした。

すると、エリーがにこにこしながら促してくれる。

「どうぞ、遠慮なく先に読んでちょうだい。私は席を外すから」

わずかにためらったが、エリーの言葉に甘えることにした。

「ありがとう、エリー」

「どういたしまして。ペーパーナイフは机にあるから、引き出しを開けて取ってね」

席を立ちながら、エリーは窓際にある書物机の引き出しを指す。

オパールも遠慮せず、ペーパーナイフをすぐに取り出して封を開けた。

手紙にびっしり書かれているリュドの様子に、オパールの頬が緩む。

またヴィンセント王子についても触れられており、思わず声を出して笑った。

どうやらヴィンセントはダンカンにも反発し、屋敷を飛び出して森で迷子になって大変だったらしい。

オパールが笑ったのは、それでも反抗を続けるヴィンセントに対し、リード鉱山で働かせることにしたので、今度は港から逃げ出すかもしれない、とあったからだ。

それからの内容は、オパールがまた無理をしていないかと心配し、気遣う文章で締めくくられていた。

しかし、オパールは追記されていた文章を読んで首を傾げる。

『追伸：そういえば、君の真っ当な友人二人に連絡を取るべきだと思うよ』とあった。

(真っ当な友人って、ルボーと……マダム？)

なぜこの二人にわざわざ連絡を取るようにと、クロードが手紙で告げてくるのだろうと考え、先の文章を読み直して気づいた。

まさかと思い、確認するために一度退室しようとエリーを呼びに行きかけたとき、部屋にノックの音が響く。

前室で取次の声がして別の扉が開く音がした後、エリーが申し訳なさそうに部屋に戻ってきた。

「手紙を読む邪魔をして、ごめんなさい。ジュリアンが前室で待っているみたいだけれど、お通ししても大丈夫？」

「ええ、もちろん」

どうやら、クロードはジュリアンにも手紙を書いたらしい。

その答え合わせにやって来たのだ。

「エリー、おはよう。朝早くからすまないね。ただ、新聞記事のことで、君が傷ついていないか心配だったんだ」

入ってきたジュリアンは、甘い声でエリーに挨拶《あいさつ》し、その手に口づけた。

いつものごとく、口説いていますと女官たちにアピールするために。

女官たちはくすくす笑いながら、ジュリアンを歓待するためにお茶を新しく淹れ直す。

エリーは変わらず顔を赤くして、助けを求めるようにオパールを見た。

「ジュリアン、訪問にはちょっと時間が早いんじゃないかしら」

「それは自分に言っているのか？」

「私はいいのよ。女同士だもの」

「出たよ、我々男どもを苦しめる女性たちの鉄壁の連帯感が」

いつもの兄妹のやり取りが始まり、女官たちは名残惜しげに部屋を出ていった。

そこでようやく、ジュリアンは面倒くさそうに息を吐く。

「嫌ならやめればいいのに」

「朝からお前と顔を合わすのが嫌なんだよ。クロードも面倒くさいことしやがって」

やはりオパールの予想は当たったようだ。

不思議そうに見ているエリーに、オパールは説明を始めた。

「二年ほど前にアレッサンドロ陛下に対する謀叛《むほん》があったことを知っているかしら？」

「ええ、噂でくらいだけど……また何かあったの？」

「それは大丈夫。ただ、そのときに未解決のままだったことが、解決したのよ」

「まあ！　それはよかったわね！　って、それが面倒くさいこと？」

オパールの説明に喜んだエリーだったが、やはりわからないらしい。

どう説明しようかと悩むオパールの代わりに、ジュリアンがあっさり告げる。

「手紙は誰に読まれるかわからない。そのため暗号などを含ませるものだが、今回はそこまで複雑じゃなかった。単にオパールに聞けと俺のには書いてあったんだよ」

かなり省きすぎだが、ジュリアンは先に答えろとオパールに言っているのだ。

オパールはため息交じりに答える。

「ルボーとマダムよ」

「裏から裏に流れただけかよ」

つまらなそうに言うジュリアンを睨みつけ、オパールはエリーに詳しく話す。

「二年前の動乱のとき、ボッツェリ公爵領内にあるリード鉱山が謀反人たちの資金源だと発覚したのよ。ずっと、鉛しか産出しないとされていたんだけれど、金も産出していたの。まあ、本当は早くから突き止められていたようだけど……」

おそらくアレッサンドロは王弟時代から気づいていたのではないかと思っている。

ただ、その疑惑に手をつけられる状況ではなかっただけなのだ。

そうでなければ、二年前にあれだけの間諜《かんちょう》を潜ませておけるはずがなかった。

ジュリアンもクロードも、彼らの手引きがあったからこそ、あっさり潜入できたのだろう。

「じゃあ、秘密裏に採掘した金の取引相手がわかったっていうこと？　ルボーって人は知らないけれど、マダムは何かお咎《とが》めがあるの？」

「どうかしら……。今さら蒸し返すのかどうかは、陛下次第ね。まあ、これで取引相手全員が判明したわけだから、このまま放置するんじゃないかしら。今はマダムを敵に回さないほうがいいでしょうしね」

他の取引相手はソシーユ王国のセイムズ元侯爵をはじめとして早々に判明したのだが、ここまで尻尾《しっぽ》を掴《つか》ませなかったのは、ルボーもマダムもさすがとしか言いようがない。

クロードはようやく掴んだ情報を『王子がリード鉱山の港から逃げ出すかもしれない』と書いて密輸出をにおわせ、追伸で誰なのかを伝えてくれたのだ。

アレッサンドロとしては、不明の取引相手が自分に反する者かどうか――タイセイ王国に害を為す可能性があるのかどうかを知りたかっただけだろう。

もちろん、値崩れしにくい金を得るための対価として現金が反逆者たちに渡ったのは問題だが、それこそが今さらなのである。

それよりも、クイン通り等を対象にした法規制を始めているアレッサンドロにとって、マダムを敵に回すことは避けたいのだ。

「要するに、アレッサンドロ叔父様もジュリアンもクロードも、マダムとルボーとやらに騙《だま》されていたってこと?」

「騙されたというわけではないわ。彼らには彼らの世界があり、信用があってこそ商売が成り立つのだから、口が堅いというのは大切なことなのよ」

「いろいろな世界があるのね」

オパールがエリーにここまで詳しく説明したのには訳がある。

だが、まだ確信があるわけではないので、あえてそれ以上は口にしなかった。

そこで、オパールは話題を変える。

「ところで、せっかくだからこのままジュリアンも参加してくれないかしら」

「朝からお茶会か?」

「ええ。ルメオン公国とソシーユ王国を繋《つな》ぐ鉄道開発の事業立案のね」

「鉄道には興味ないな」

あっさり断るジュリアンに、オパールはにっこり笑った。

途端にジュリアンは怪訝《けげん》な顔になる。

「これからミカエルをお茶会に誘うの。ジュリアンがいてくれたほうがミカエルも出席してくれるでしょう?」

「昨日もうんざりするほど四人でいただろ? 不審に思われるぞ」

ジュリアンの言い分はもっともだった。

シタオ鉱山からの帰路では、馬車でも汽車でもずっと四人同じ車内だったのだ。

そのため、ジュリアンはエリーを気遣い、アプローチを続けていた。

正直なところ、オパールも含めて三人ともうんざりしているのは確かである。

ただ、ミカエルだけは何か考え込んでいるようで、ずっと沈黙していた。

「でも、三人でお茶会するほうが警戒されると思うのよね。ミカエルの護衛に」

「じゃあ、二人でしろよ」

「だけど、ミカエルの鉄道に関する知識は欲しいの。きっと誰よりも、この国の鉄道網が発達することを妄想……いえ、考えているはずだから。そうね……国交大臣とか何とかの地位を約束すれば、簡単に寝返って……いえ、協力してくれると思うわ」

「オパール、本音をわざと漏らすなよ。エリーが驚いているだろ」

「これくらいじゃ、女の友情は壊れないのよ」

オパールの言う通り、エリーはくすくす笑っている。

ジュリアンは呆《あき》れたようにため息を吐く。

「ほんと、クロードに似てきたよ」

「ありがとう」

「エリーに悪影響だな」

「ジュリアンにそんなことを言われる日がくるなんて、信じられないわ」

大げさに傷ついたふりをするオパールを、ジュリアンは鼻で笑う。

エリーは先ほどからの兄妹のやり取りを楽しそうに見ていた。

オパールはそんなエリーに向き直る。

「楽しんでいられるのも、今のうちよ。もし過激派に鉄道計画のことが――ミカエルを計画に引き入れようとしていると知られたら、阻止するためにどんな手を使ってくるかわからないもの。たとえば、誘拐するとか」

「じゃあ、自分で身代金を用意しておかなくちゃ。埋蔵金はどこにあるのかしら？」

オパールが意地悪く忠告すると、エリーが悪戯っぽく答えた。

思わずオパールは噴き出したが、ジュリアンは首を横に振ってわざとらしく嘆く。

「すでに悪影響があったようだな」

「だって、私はオパールみたいになりたいんだもの」

「最悪じゃないか」

「最高よ。ね、オパール？」

「う、うーん？」

エリーはジュリアンにもすっかり打ち解けているようで、オパールは嬉《うれ》しかったが、同意を求められても困る内容だった。

そこに女官がそっと入ってきて、新たな来訪者を告げる。

約束の時間より早いがミカエルがやって来たのだ。

「ミカエル、おはよう」

「おはようございます、ミカエル」

「おはよう、エリー、オパール。……ジュリアンも」

ミカエルはエリーとオパールに挨拶を返した後、しぶしぶジュリアンもつけ加えた。

ジュリアンは気にしていない様子でにこやかに挨拶をする。

「おはよう、ミカエル。約束の時間より早いがどうした？」

「それならジュリアン、君も早いんじゃないか？」

「新聞記事のことでエリーが心配だったんだ」

先ほどまでこのお茶会という名の密会に、ジュリアンは不参加表明をしていたのに、今は乗り気のようだ。

ミカエルを楽しげに煽《あお》っている。

「エリー、あんな新聞記事など、気にしてはダメだよ」

ミカエルはジュリアンの言葉にはっとして、慌ててエリーを慰めた。

すると、エリーまでジュリアンの名前を出して煽る。

「ありがとう、ミカエル。ジュリアンも心配してくれたけれど、大丈夫よ」

どうやらジュリアンまでエリーに悪影響を及ぼしているようで、オパールは苦笑した。

ミカエルはかすかに眉《まゆ》を寄せたが怒ってはいないらしい。

どちらかというと、エリーがジュリアンに心惹《こころひ》かれているのかのほうが心配なのだろう。

ミカエルが何か言おうとして口を開きかけたとき、ジュリアンがわざとらしく嘆いた。

「ああ、そうだ！　エリーが心配で急ぐあまり、大切なものを持ってくるのを忘れてしまった！　取ってくるから、僕にはかまわずに先に始めていてくれないか？」

「大切なもの？」

「君への贈り物だよ」

「ジュリアン、そんなの――」

「いいのよ、エリー。ジュリアンの好きにさせてあげて。きっと蛇の抜け殻とかかっこいい形の木の棒とかだから」

「オパールは僕が十歳児か何かだと思っているのか？」

「違うの？　じゃあ、大切なものって何？」

「それを今ここで言うわけないだろ。じゃあ、エリーまた後で」

子どもの頃に蛇の抜け殻を投げつけられたことを、オパールが嫌味ったらしく言っても、ジュリアンは乗ってこなかった。

ただ、馬鹿にしたようにオパールを見て、去っていく。

エリーもミカエルも驚いているようだったが、オパールは呆れたように首を横に振った。

「中座するなんて失礼よね。兄の代わりに謝罪するわ」

「いえ、いいのよ。でも、何なのか気になるわ。……蛇の抜け殻は困るけれど」

オパールが申し訳なさそうに言うと、エリーは悪戯っぽく答えた。

「とにかく、先に始めてくれというのなら、そうしよう」

ミカエルも気にした様子はない。

ジュリアンが後で何を持ってくるのかは知らないが、あの白々しさから考えてきっとこの場を抜ける言い訳だ。

先ほど言っていたように鉄道事業の話に興味がないわけではなく、おそらく周囲を警戒してくれるのだろう。

オパールたちの部屋と違って、エリーの部屋では誰が聞き耳を立てているかわからない。

だからといって、あまりオパールの部屋でばかり集まっても怪しまれる。

おそらく昨日の馬車での移動中は、車外でミカエルの護衛が何かしらの動きをしており、ジュリアンはそのことに気づいて道化のふりをしていたのだ。

「我が兄ながら、難儀な性格だわ……」

「あら、そんなことはないわ。素敵だと思うわ」

「エリー、軽率な発言をしてはダメだ」

思わず本音が漏れたオパールを、エリーは慰め、ミカエルがそれを窘める。

オパールは何だかおかしくなって噴き出し、エリーも笑った。

そんな二人を、ミカエルは不思議そうに見ていたのだった。

20　宝石箱

予定より早く始まることになったお茶会に、女官たちが急ぎ用意をした美味しそうなお菓子をお茶とともに運んできてくれた。

そのときにジュリアンがいないことに戸惑い、残念そうにしている姿を見て、オパールはため息をのみ込んだ。

どうやらジュリアンは女官たちにまで愛想を振りまいているらしい。

ジュリアンは敵と味方を極端に増やしすぎている。

だが、二極化するのはわかりやすく、厄介なのはエッカルトのような人物だった。

ジュリアンも未だにエッカルトについては測りかねているのだ。

「それで、昨日の今日でわざわざお茶会なんて開いたのはどういう理由だい？」

女官たちがテーブルを美しい菓子などで彩ってくれた後、ミカエルが話し始めた。

ミカエルの疑問はもっともなものだ。

このお茶会はオパールがお願いしたものだったが、エリーは恥ずかしそうに答える。

「もうすぐオパールたちは帰ってしまうから……できるだけ一緒に過ごせたらいいなと思って」

「エリー……」

オパールではなく、ジュリアンと一緒に過ごしたいというあからさまなエリーの態度に、ミカエルは困惑しているようだ。

エリーの巧みな言葉の選択に、オパールは思わず微笑んだ。

「オパール、あなたは本当によろしいのですか?」

「あら、私と一緒に過ごしたいと思ってくれているのは嬉しいわ」

オパールがとぼけて答えたとき、ジュリアンが戻ってきた。

その手には指輪が入れられる大きさの宝石箱のようなものが握られている。

「ジュリアン、まさか……」

ミカエルが驚き目を瞠《みは》る。

オパールはさすがにやりすぎだと、ジュリアンを軽く睨《にら》んだ。

ジュリアンは席に着くと、その宝石箱をテーブルに置いてエリーに差し出す。

「開けてみて、エリー」

「ジュリアン……」

これではまるで本当にプロポーズだ。

エリーも緊張しながら、テーブルの上に置かれた箱を震える手で開けた。

それから皆が一瞬沈黙し、エリーは噴き出し、オパールはため息を吐き、ミカエルは安堵《あんど》する。

箱の中に入っていたのは、ただの石——に見えるが、シタオ鉱山を視察した皆はそれが鉱石であることがわかった。

蛇の抜け殻とあまり大差がない。

「二人で旅をした記念にどうかな？」

「ジュリアン、私とミカエルも同行したんだから四人よ」

ジュリアンが悪戯っぽく笑いながらエリーに言い、オパールが突っ込む。

いったいどこから宝石箱を周囲に見えるように持ち歩いていたのかはわからないが、午後には皆がエリーの指に注目するだろう。

「さて、では本題をどうぞ」

人騒がせなジュリアンは自分でお茶を注ぐと、オパールを促した。

要するに、もう密会を始めても大丈夫なのだ。

オパールは一度大きく深呼吸をして、未だジュリアンの悪戯に混乱しているミカエルを見た。

「ミカエル、あなたがテラルト国で親しくしていた方とは、今も頻繁に連絡を取っているの？」

「ピエールと？　いや、頻繁にというわけでは……」

突然のことに、ミカエルはあっさり答えてから、言《い》い淀《よど》む。

この様子からも、ミカエルは本当に企みとは無縁なのだ。

オパールの単純すぎる力技に、ジュリアンは笑いを堪えている。

「その質問は何の意味があるのですか？」

ジュリアンに笑われたせいか、むっとしたミカエルはオパールに反発するように質問を返した。

「あなたがどうしてあれほど共和制を支持していたのか知りたくて。それで、今も同じ気持ちなの？」

「やはり質問の意図がわかりません。私が共和制支持者だとして、あなたに関係あるのですか？」

「私にはなくても、エリーにはあるでしょう？　エリーの即位まであとひと月よ。あなたが先日エリーに言ったことをまだ本気で思っているなら、エリーの傍にいるべきではないと思うわ。それ以上にこの大公宮に住んでいること自体が甘えだってわかるかしら？」

「それは……ええ、わかっています。シタオ鉱山であなたに厳しく言われてから私なりに考えてみました。自分が何をしたいのか、何を目指しているのかを」

ミカエルは再びオパールに厳しく言われ、勢いをなくす。

その意外な答えに、エリーは驚いているようだ。

だが、エリーが短期間で成長したように、ミカエルだって考え方も変われば成長もするはずなのだ。

若いからというだけでなく、素直さ寛容さも成長には必要である。

オパールもできるだけ柔軟な考え方ができるよう努力しなければと思いつつ、続きを促した。

「それで、答えは見つかったの？」

「いえ、まだ途中というか、ぼんやりしています。情けないですね」

そう苦笑するミカエルに、オパールは首を横に振って否定した。

エリーもほっとしているようで、ジュリアンも珍しく茶化さない。

「情けなくなどないわ。かなり難解な質問をしてしまったもの。何がしたいのか、何を目指しているのかなどといった形の見えない曖昧《あいまい》なものは簡単に答えが見つかるとは思いません。もちろん、はっきりとした目標を持っている方もいて、誰かの考えに同調するのもまた答えの一つよ。だけど、一人で悩むだけでなく、ぼんやりとしていても何か思っていることがあるのなら、ここで話してみない？」

「それが今日の本題なのですか？　私の目指すものが何なのかが？」

「少し違うわ」

「少し？　それなら、何なのですか？」

「そうね……。質問を質問で返すのは申し訳ないけれど、ミカエルは今もこの国を共和制にすべきだと思っているのかしら？　革命は必要？」

「……今は……必要ないと思います」

「それはなぜ？」

「昨日、エリーの宣言を聞いて考えました。まだあまり時間がなくて、はっきりとした答えを見つけることはできていないのですが、共和制でなくても、皆で明るい未来を目指すことはできるのではないかと」

ミカエルは真剣に話してくれたが、ジュリアンは鼻で笑う。

「ずいぶん簡単に意見を変えるんだな。ついこの間まで、『革命が必要だ！』なんて息巻いていたのに」

「ジュリアン！」

「いいんだ、オパール。ジュリアンの言うとおりですから。私はテラルト国でも、実際に民の暮らしを見ていたわけではないのです。いや一部の人々だけを見ていたと言ったほうが正しいかな」

失礼なジュリアンの言葉にも、ミカエルは怒ることはなかった。

それどころかジュリアンを叱責するオパールを止め、自省するように言う。

「……では、ミカエルがそこまで共和制を支持するようになったきっかけには、何があったのですか？　そのピエールさんの影響？」

オパールは詳しく過激派について聞きだそうとした。

すると、エリーが不機嫌そうに割り込む。

「そもそも、ピエールって誰？」

オパールと同じ質問をするエリーに、ジュリアンが笑いを堪えている。

思わずオパールも笑いそうになったが、どうにか耐えた。

エリーは自分抜きで話が進められていくのが不満らしい。

ずいぶんしっかりしたと思っていたが、こういうところがまだ少女らしくて、オパールは逆に安心してしまった。

おそらく、気を許している身内というのもあるのだろう。

「エリーは私がソシーユ王国に留学していたのを覚えているか？」

「ええ。本当はタイセイ王国に行きたかったんでしょう？　鉄道を学ぶために」

「ああ。だけど、当時はまだタイセイ王国の情勢は不安定だったから、さすがに父に反対されてね。ソシーユ王国に変更したんだ。そこでピエールと出会った。ピエールはテラルト国の男爵子息で、革命時に亡命して以来、そのままソシーユに残っていたが、私も彼もソシーユ王国の社交界では……よそ者だからね。年は違ったけど意気投合して、国へ帰ることにしたときに、一緒に行かないかと私を誘ってくれたんだ」

「そうだったのね……」

エリーに説明するミカエルの話を聞きながら、ピエール卿《きょう》が革命時から七年前までソシーユ王国にいたのなら、オパールも会ったことがあるのではないかと考えたが、思い出せなかった。

あの当時は――ヒューバートとの結婚前までは、面白半分に声をかけてくる男性が多く、全員を覚えてはいないのだ。

黙り込んでしまったオパールを誤解したのか、ミカエルは慌ててフォローする。

「別に、ソシーユ王国のことを悪く言っているつもりはないんです。ただ、私は退屈していただけで……」

「あら、気にしなくても大丈夫ですわ。ソシーユ王国に限らず、どこの社交界も旧弊で排他的でしょう？」

ミカエルがこの国についても同じように言っていたことを持ち出して、オパールは笑った。

先進的だと言われるタイセイ王国でも、未だに社交界は似たようなものなのだ。

そのことはエリーにも伝わったらしい。

「ミカエルの憧《あこが》れるタイセイ王国でも、同じような人は大勢いたわ」

「そうなのか？」

エリーの経験したタイセイ王国の社交界も決して開放的だとは言い難かった。

しみじみと言うエリーに、ミカエルは驚く。

「ええ。でもたぶん、かなりマシだと思うから……逆にソシーユ王国の社交界がどんなものか気になるわ」

「なら、いつか遊びにいらっしゃればいいわ。歓迎するわよ？　私はいないかもだけど」

「酷いわ」

エリーは今の内容で一番旧弊に思えるソシーユ王国に興味を持ったらしく、オパールが冗談交じりに招待すると、笑いながら文句を言った。

本来ならジュリアンが招待するべきなのだろうが、何も言わなかったので、ミカエルは気になったようだ。

「ジュリアン、君が招待しないのか？」

「僕もあそこは好きじゃないからね」

そう答えて、ジュリアンは肩をすくめた。

「さて、では話を戻しましょうか」

オパールは逸れてしまった話題を軌道修正するべく手を軽く叩《たた》いて皆の注目を集めた。

それからにっこり笑って、ミカエルにまた質問する。

「ピエールさんが誰だかはわかったけれど、彼は貴族なのでしょう？　亡命をしていたくらいだし、共和制を嫌ってそうだけど、違うの？」

「さあ、それはわかりません。ピエールとは特に政治について話したことはありませんから」

「そう、なのね？」

予想外の返答に、オパールは戸惑った。

ジュリアンもさすがに動揺は見せないが、ぴくりと動いた頬が驚いたことを表している。

「ええ。ピエールも鉄道が好きで、お互いの国を鉄道で結ぼうって盛り上がったんです。どこのルートなら通せるか、トンネルや鉄橋がどれだけ必要か、なんて話し始めたら止まらないんですよ」

「でも、今はあまり連絡を取っていないのでしょう？　夢は諦《あきら》めてしまったの？」

「もちろん違います。ただ資金面の問題がありますからね。お互いにまずはその問題を解決しようって話になったんです」

「そういうことなのね」

オパールは納得したように返事をしたが、頭の中は混乱していた。

ひょっとしてピエール違いかとも思ったが、先ほどのミカエルの説明ではそうとも思えない。

ではいったい誰がミカエルに共和制への移行や選挙、何より『隠し財産』について吹き込んだのか謎が増えた。

オパールがあれこれ考えているうちに、ジュリアンが率直に質問する。

「資金調達については解決したんじゃないのか？　以前言っていただろう？　隠し財産がどうとかって」

「父に訊《たず》ねたら、そんなものあるわけないだろうと笑われてしまいましたよ。だけど、外貨をかなり持っているのは間違いない。どうしてそれを使おうとしないのかは教えてくれませんでした」

「で、そこで素直に引き下がったわけだ」

「仕方ないでしょう？　エリーが即位するまでは、父が管財人として大公家のすべての財産を管理しているのですから」

「それで共和制にすれば、国民のものになると思ったのか？　議会がその財産を本当に国民のために使うってどうしてわかる？　ミカエルが希望する鉄道に予算が回らない可能性のほうが大きいんじゃないか？　議員たちが皆、自分たちの利益を追求することに夢中になれば、ろくに議案も通らないし、何か一つ決めるにも多大な時間を浪費することになるぞ？」

「だが、議員たちは国民に選ばれた者ですよ？」

「だから、その議員を選ぶ国民が、みんな同じ考えなわけないだろ？　農業に従事している者、漁業に従事している者、みんな自分たちに金を使ってほしいと思うんじゃないか？　みんなそれぞれの生活があって、それぞれの不満があるんだ。それなのに、一致団結できるなんてそんな馬鹿な……夢みたいなことを考えてるやつは誰だよ」

ジュリアンはミカエルを煽《あお》るように馬鹿にした態度で次々と言葉を紡ぎ、追い詰めていく。

そしてさり気ないようで単刀直入に、ミカエルに共和制を吹き込んだ人物を訊いた。

ミカエルは動揺しているのか、ショックを受けているのか、呆然《ぼうぜん》と呟《つぶや》く。

「ピエールは、鉄道が繋《つな》がれば、皆の心も繋がると……」

ここでまたピエールの名前が出てきて、オパールは頭を抱えたくなった。

ミカエルはピエールと鉄道の話をしているつもりで、上手く政治的思想を吹き込まれていたのかもしれない。

ジュリアンは珍しく疲れたようにこめかみを揉《も》んでいる。

微妙な空気になってしまった室内で、二人のやり取りをお茶を飲みながら聞いていたエリーがきっぱり言い切った。

「じゃあ、そのピエールって人が夢見る馬鹿なのね」

これにはオパールもジュリアンも堪えきれず、激しく噴き出したのだった。

21 鉄道

「エリー！　今の言葉は酷いぞ！」

「だってそうじゃない。私でも無理だってわかるような夢物語を語っているんだもの。ミカエル、鉄道は人や物資を運ぶものであって夢を運ぶわけじゃないのよ？　あれはただの便利な道具なの」

抗議するミカエルに、エリーの指摘はあまりに的確すぎる。

オパールもジュリアンも久しぶりに本気で笑ってしまった。

ミカエルは拗《す》ねたような表情でぼやく。

「オパールもジュリアンも、そこまで笑うことはないでしょう?」

「ごめんなさい、ミカエル。でも、エリーの言うことはもっともだと思うわ。あまり鉄道に夢を見ると、裏切られたときにつらいわよ?」

「何を言っているんですか? それこそ鉄道が裏切ることなんてありませんよ。意思があるわけじゃないんですから」

オパールが謝罪した後にミカエルに忠告すると、意味がわからないといったふうに返される。

ミカエルは夢は見れても現実はまだ見えないらしい。

「意思があるんじゃないかって思うときがあるわよ? いっそのことしゃべってくれれば、どこが悪いのかわかるのに。設計通りの馬力が出なかったり、時に暴走したり、勾配《こうばい》を登りきれなくなったり、ブレーキが利かなかったりとかね。機関車だけではなく、計画した路線にレールを敷くはずが、予想外に地盤が硬かったり弱かったり、測量ミスでレールの長さが足りない、湾曲の過不足なんてよくあることだわ。たくさんの想定外を乗り越えながら鉄道はあるのよ」

オパールは今までに経験した鉄道でのトラブルを挙げていった。

そんなオパールの言葉に、ミカエルは納得したように頷《うなず》く。

「それならわかります。鉄道は手強くも奥が深いですからね。それにしてもずいぶん詳しいんですね？」

　どこか上から目線になったミカエルに、オパールはかすかに苛立《いらだ》った。

　今までは幸いにして負傷者を出すような事故にはなっていないが、いつ何が起こるか油断はできないのだ。

　そのことをミカエルは軽視しているように思える。

　ジュリアンはそんなミカエルを馬鹿にしたように笑った。

「ミカエル、お前は本当にこの七年、何を勉強していたんだ？　鉄道が好きなら設計や構造だけでなく、その経営についても知っておくべきだろう？　金がなければ新しい設計開発も建設もできないんだから」

「経営……？」

「経営者、もしくは、後援者が必要ってことだ」

　唖然《あぜん》とするミカエルに、ジュリアンはまだ笑う。

　すると、今度はエリーが我慢できない様子で口を挟む。

「ミカエル、オパールの夫のボッツェリ公爵はフレッド鉄道の経営者なのよ？　オパールも経営に関わっているらしいわ。それに、ソシーユ王国の……なんていう会社だったかしら？　とにかくその鉄道会社の共同経営者でもあるわけ。それに、新しい技術の開発者たちの後援者でもあるんだから。私でも知っていることなのに、知らなかったの？」

　呆《あき》れたように言うエリーの言葉に、ミカエルはぽかんと口を開けた。

それから目を輝かせる。

「フレッド鉄道って……タイセイ王国で二番目に長い運行路線を保有していて、今はシールド工法で鉄道トンネルを掘削しているんですよね⁉」

「え、ええ……」

「すごい！　すごいですよ！」

「あ、ありがとう……？」

「ソシーユ王国の鉄道会社というのは……あ！　マンテスト鉄道ですか？　あの陸橋は見事ですよね！　タイセイ王国の技術者を招聘《しょうへい》して建設したとか！　テラルト国にいなかったら建設途中に見学に行ったのに！　むしろ何かで関わらせてもらいたかったくらいです！　マンテスト鉄道開発を知ったときにはソシーユ王国から離れたことを後悔しましたよ！」

「そう……」

今までにないほどのミカエルの勢いに押され、オパールは物理的にも精神的にも引いた。助けてほしいとエリーを見るが、ミカエルの勢いに唖然としており、無理そうだ。

ジュリアンに視線を移せば、仕方ないなといった調子でため息を吐く。

「あのさ、ミカエルはテラルト国で何をしていたんだ？　嫌味でなく本気で疑問なんだが。鉄道について勉強していたなら、たとえ手間でもマンテスト鉄道の建設現場に行くことくらいできただろう？」

「え？　ああ、そうなんですけどね。私は鉄道に関してはどうしても一つのことに没頭してしまって、マンテスト鉄道の開発について、当時は知らなかったんですよ」

「知らなかった？」

「はい。テラルト国の鉄道開発と建設で忙しかったので」

あっさり肯定したミカエルの言葉に、今度はオパールたちが驚いた。

マンテストの土地開発については、ソシーユ王国内だけでなく、世界中の新聞で取り上げられたはずである。

そこまで大きな記事ではなくても、鉄道好きなら注視した話題だろう。

実際、陸橋建設時には、各国から視察団などがやって来たと聞いている。

それなのに完成まで知らなかったとなると、どこかに閉じ込められでもしていたのかと疑いたくなるほどだった。

「……そういえば、テラルト国もここ五年ほどで鉄道路線がかなり増えたわよね？　ミカエルも関わっていたの？」

「はい。ありがたいことに、ピエールの口利きで参加させてもらえたんですよ。路線は決まっていたので、そこにどう線路を敷くか、どのような機関車を走らせるか、計画から設計まで携わることができて、勉強になりました。ジュリアン、先ほどの質問の答えはこれでいいだろうか？」

「……ああ、よくわかったよ。ちなみに、報酬はいくらもらっていたんだ？」

「まさか！　勉強させてもらうのに報酬などもらうわけがありませんよ」

「じゃあ、いくらか勉強代に支払ったのか？」

「勉強代というなら、そうかもしれませんね。資金はいくらか援助しましたから」

馬鹿もここまでくると酷い。

正確には、頭はいいのだろうが、ミカエルは世間を知らなすぎるのだ。

オパールもジュリアンも天を仰いだが、エリーは俯《うつむ》き顔を覆った。

エリーはほんの二カ月ほど前に、投資詐欺に遭いそうになったことを思い出したらしい。

あれはロマンス詐欺のようなもので、エリーはロランに惹《ひ》かれたのだが、ミカエルは鉄道を愛してやまないために何の疑問も抱いていないのだろう。

(まあ、投資……というよりは、寄付だと思えばいいんだけれど……)

鉄道に関してあまりに純粋なミカエルを味方に引き入れるのは危険すぎる。

回り道にはなるが、やはりミカエル身辺の人物を探らせるほうが、今回の埋蔵金関連についての憂い事は解決できるだろう。

ただし、黒幕をあぶり出すにもミカエルを利用しない手はない。

そう考えたオパールがジュリアンを見ると、同意見らしいことが表情から伝わった。

「とにかく、今はもうミカエルはエリーの即位に反対はしていないのね?」

「はい。エリーが即位することによって、この国が変わることを期待しています」

「よかった。私はいつまでもエリーの傍にいられるわけじゃないから。できればミカエルが支えてくれればいいなと思っていたの」

「あなたに比べれば経験も知識も足りないですが、できる限り努めさせていただきます」

ひとまず、ミカエルの意思を確認することはできた。

ミカエルもこのお茶会の意味を理解しただろう。

本来の目的とは少し違うが、隠し事のできないミカエルにはそう思わせ、周囲の危機感を煽ることができるはずだった。

彼らは共和制という理想を掲げながらも、おそらくは大公家の財産獲得が一番の目的なのだ。

あともう一点、ここまで話したのだから、とオパールはミカエルに伝えることにした。

「ところでもう一つ気になることがあるのだけれど、いいかしら？」

「はい、どうぞ」

「ミカエルとピエール卿《きょう》はこの国とテラルト国を鉄道で繋ぐ計画を立てているようだけれど、両国間の既存の鉄道路線の軌間《ゲージ》の違いはどうするつもりなの？　今のままだと鉄道同士の乗り入れは難しいわよね？」

「あ……」

ミカエルは残念ながら線路規格の違いまでは考えていなかったらしかった。

22　詐欺

オパールとジュリアンは自室に割り当てられた客間へと戻り、二人同時に大きなため息を吐いた。

ミカエルについては突っ込みどころが多すぎて、もう何を言えばいいのかわからない。

オパールはソファに座り、ナージャにハーブティーを頼んだ。

先ほどのお茶会ではほとんどお茶を飲んでいないうえに、今は少し頭が痛む。

「ジュリアン、少し整理したいんだけれど、いいかしら？」

「ああ」

珍しくジュリアンも疲れを隠さず、ソファにぐったりもたれている。

二人とも予想以上にミカエルの言動に振り回されてしまっていた。

「先ほどのミカエルの話の内容からわかったのは、ピエール卿は都合よくミカエルをテラルト国内の鉄道開発に利用していたってことよね？」

「本人が搾取されていることに気づかず満足しているなら勝手にすればいいが、さらに金まで出させているとはな。投資でもないようだから、回収もできない。どれだけ金を出したのか知らないが、いいカモだったわけだ。しかもそれでピエールは支持者を増やしている」

「ひょっとして、ここ最近のテラルト国の公共事業にはピエール卿が噛《か》んでいるのかしら？　だとしたら、相当のお金持ちなのか、支援者がいるかね。ミカエルだけの支援じゃ足りないはずだもの」

「もしくは借金か」

「借金ねえ……。テラルト国から債券が発行されたなんて聞いていないけど。確か革命時に開いた宝箱は空になったんでしょう？」

「そのはずだがな」

「もったいないわね。もっと上手く使っていれば、今頃はそれこそ理想的な共和制国家になっていたでしょうに。重課税から解放され、豊かさを求めて都市部に出たものの貧困に苦しむことになるなんて皮肉だわ。しかも外貨獲得のために、鉱山では無理な採掘をさせられているなんて」

革命を起こして共和制に移行したテラルト国を各国は警戒し、嫌っている。

そのため、新聞などでは情報規制が行われており、テラルト国の悪い面をことさら大げさに書き立てていた。

だが、オパールは新聞からではなく、投資家としてテラルト国の情報を仕入れているため、ある程度正確な内情は知っているつもりだった。

それでもジュリアンやクロードには及ばない。

そこで改めて確認する必要があった。


テラルト国は革命当時、亡命した王家などから没収した財産を、国民の支持を得るため都市部を中心にばらまいた。

それに釣られて地方の者たちも押し寄せた結果、都市部に人口が集中し、地方で農業や漁業に従事する者たちが減ったのだ。

だがそんな歪《いびつ》な状況が続くわけがない。あっという間に景気は悪くなり、不況に陥ってから十年近く同じ状況が続いている。

王家から没収した土地でも、民が都市部へと流出し、生産者が減少してしまったしわ寄せが出ていた。

そして今、都には失業者が溢《あふ》れているらしい。

その者たちの雇用を生むために、また都市部と地方を気軽に往き来できるようにと、鉄道網を広げるピエール卿が支持を集めるのも当然なのだ。

それが労務党党首のピエール卿であり、影では過激派の主導者でもあるのだった。


「……観劇に行くとき、ミカエルがテラルト国と比べてこの国のことをなぜこき下ろすのか不思議だったけれど、テラルト国内の現状をまったく知らなかったのなら納得だわ。都市部ではこの国以上に失業者で溢れ、救貧院は限界を超えているらしいのに」

「街中を通るときには馬車のカーテンを閉めていたんだろ。それも、故意に」

「鉄道の設計開発に夢中になっていたのなら、建設現場以外に興味がなかったことはわかるわ。そして、この国は鉄道については十年前から開発が止まっている。もちろん鉄道以外でもだけど、ミカエルにとってはそれがテラルト国に比べて遅れていると思えたのね。その原因が国有財産の大公家による私物化で、解決策としてはテラルト国のように共和制に移行することだと……ピエール卿が吹き込んだのかしら」

「さあ、どうかな」

「ピエール卿じゃなければ、誰だと思うの？」

「ミカエルがテラルト国内を移動する際に、ピエールが常に一緒にいたわけじゃないだろ？」

「そうよね。ピエール卿は労務党党首として忙しいはず。だとすれば、あの護衛の……」

シタオ鉱山で埋蔵金の話に触れようとしたとき、かすかに反応した護衛のことをオパールは思い出した。

彼は常にミカエルの傍におり、坑道内まで同行していたのだ。

「調べたところ、あの護衛はウェバー伯爵の四男らしい」

「ウェバー伯爵？　まさか……いえ、でも四男？」

ウェバー伯爵は人格者だと世間で認められている人物である。

その妻の伯爵夫人とは晩餐会《ばんさんかい》で親しくなりお茶会にも出席したので、面倒見のよい夫人の人柄をオパールは知っていた。

とはいえ、ウェバー伯爵ならエリーとミカエルの結婚の噂を流せ、タイセイ王国への旅の許可を進言することも可能だろう。

オパールがウェバー伯爵と話をした限りでは、彼は共和制とは無縁だと思えた。

しかし、四男となるとよくわからない。

「名前はレイモンド。四男だから、当主の座はまず回ってこない。食いぶちを稼ぐために騎士になったが才能はなく、家柄だけで近衛になったものの、ミカエルの護衛にと五年前にテラルト国に派遣されたらしい」

「そこまで調べていたなら、先に教えてくれてもいいのに」

「お前が必要としていなかったからな」

オパールがぼやいても、ジュリアンは肩をすくめるだけだった。

こういうところが意地悪なのだ。

「さっきのお茶会でも、エリーの前室にいたぞ。俺があの箱を持って戻ったときには、かなり焦っていたな」

「……彼をからかったのね？」

オパールが呆《あき》れたように言うと、ジュリアンはにやりと笑った。

誰かが聞き耳を立てていないか警戒しに中座したというよりは、あの護衛がいるだろうと予想してジュリアンは出ていったのだ。

そしてその通り、護衛は大公宮内でありながらわざわざミカエルに付き従い、前室で控えていたらしい。

そこでふと、オパールはある名前を思い出した。

「……ところで、ここ最近増えた、女性たちを騙《だま》す詐欺師たちには元締めがいるのかしら？　悪事を働くにも縄張りというものがあるんでしょう？」

「どうしてそれを俺に訊《き》くんだ？」

「悪事に詳しいからよ」

投資詐欺や裕福な女性たちを騙す詐欺は最近になって急に増えているのだが、もし元締めがいるのならかなりの上納金を受け取っているはずである。

ロランが上納していたという報告は受けていないが、まだ自白していないだけかもしれない。

たまたま声をかけられたと言っているらしいが、そもそも声をかけた側がなぜロランを詐欺師だと知っていたのか疑問が残る。

「確かに……詐欺師たちの上納金がピエールたちの活動資金になっている可能性は大きいな。過激派と簡単に言うが、そもそも組織を動かすには金がいる。埋蔵金だの何だのの前にまず活動資金がいるな」

「政党だって活動資金は必要よね。今はミカエルのような支援者が増えていたとしても、労務党発足時はどうだったのかしら。男爵家の資産をつぎ込んだとか？」

「そこまでの金はなかったはずだ」

オパールの疑問に、ジュリアンも納得したようだった。

だが、次の質問はきっぱり否定した。

すでに男爵家のことは調べているのだろう。

「……ウェバー伯爵が過激派の支援者の一人ということはあると思う？」

「それはない」

「はっきり言うのね」

「この国の貴族のことはだいたい調べた」

「ああ、腹痛のときね」

オパールが念のためにウェバー伯爵とピエール卿の繋《つな》がりを確認すると、ジュリアンはまた否定する。

ミカエルの護衛であるウェバー伯爵家の四男――レイモンドがピエール卿を支持しているならひょっとしてと考えたがやはり違ったらしい。

ジュリアンは体調不良で部屋に引きこもっているふりをしているときに、大公宮内をかなり自由に歩き回っていたようだ。

「以前、ロランに投資するとき、念のためにジョナサン叔父様に立ち会っていただいたの」

「相変わらず叔父さんはお前に甘いな。忙しいだろうに」

「そうなんだけど……。でも、法務官の叔父様がいてくれたほうが間違いないでしょう？　ロランの用意した証券は不備だらけで会社名はあっても代表者名はなかったわ。それを見越していたのか、叔父様は取引成立書を用意してくれていて、ロランに署名を求めたの。その成立書にあった会社名と代表者名の欄に、ロランは迷うことなく記入したわ。自分の名前とは別の名前を。その後に叔父様が調べてくれた結果、会社も代表者も存在しないことがわかって……まあ、それはみんなが予想していたことで、すぐにロランは別件で捕まったから、そのままになっていたけど……。似たような詐欺を繰り返していたなら、架空の会社も代表者も用意していて当然でしょうし」

「で、何が言いたいんだ？」

ジュリアンに呆れたように促され、オパールはむっとした。

あの銀行での取引について、一応説明しておいたほうがよいだろうとの気遣いは無用だったようだ。

「その会社の代表者名よ。そこにロランが書いた名前が『レイ・エバー』だったの」

「レイ・エバー……レイモンド・ウェバーか」

「偶然かもしれないけどね」

「偶然っていうのは、そんなに簡単には起こらないもんだ。小さな必然の積み重ねなんだよ。ただし、お前の話は長い」

ジュリアンはオパールの言葉に珍しくふっと笑って答えた。

どうやらこれでも褒めているらしい。

「詐欺の元締め云々は別にしても、レイモンドが過激派としてどこまで活動しているかだな。前にも言ったが、俺に対する扱いが雑すぎる。俺を殺《や》るつもりなら、もっと真剣にやれよな」

「その言い方はどうかと思うけど、もしエリー誘拐とジュリアン毒殺を企んだのがピエール卿《きょう》で、他がレイモンド騎士の犯行だとしたら？　いきなり雑な暗殺計画になったのは、指示役が代わったからとか。私への追い剝《おは》ぎ計画も雑だったから、同じ指示役かしらね。そもそも、本当にあれはただの追い剝ぎだったのかしら？　ジュリアンへの雑な扱いも、単に警告だったのなら？　私たちをこの国から追い出したい。だけど、命までは狙っていなかったなんてことはないかしら？」

「確かに、俺を殺そうと追い出そうと、結果は同じってことか……」

「ええ。それなら毒以外の犯行が雑なことに理由がつくわ」

オパールは声に出して言語化しているうちに、少しずつ考えがまとまってきていた。

ジュリアンも今度は話が長いとは言わず、深く考え込んでいる。

「ひょっとして、すべて過激派の仕業とするのが間違っているんじゃないかしら。過激派が二分しているんじゃなくて、別の思惑で動いている人たちがいるということは？　テラルト国だけじゃなくて、この国での私たちの存在を邪魔に思う人が他にもいるってこと」

「要するに、お前はそれが誰か見当がついたってことか」

「まだはっきりとはしないけど……何となくね。だから、ジュリアンのお友達を一人私に紹介してくれないかしら？」

「どうするつもりだ？」

「お父様に手紙を急ぎ届けてもらいたいの」

オパールの言うジュリアンの友達とは、アレッサンドロの間諜《かんちょう》たちのことである。

手紙の内容を知られず確実に届けるには、彼らにお願いするのが一番間違いがない。

だが、ジュリアンは馬鹿にしたように笑う。

「親父を頼るのか？」

「私はあなたと違って、反抗期はもう終わったの」

「……昼過ぎまでには手紙を用意しろよ」

「ありがとう」

オパールの言葉にジュリアンは反論することなく、そう言うと席を立った。

寝室に入っていくところをみると、着替えるつもりなのだろう。

オパールはさっそく机に向かい、父親であるホロウェイ伯爵への手紙を書き始めた。

23　作戦

オパールは父親への手紙を書き終えると、急ぎジュリアンに渡した。

すると、ジュリアンがにやにやしながら言う。

「ついさっき、散歩してたらまた暴漢に襲われたぞ」

「また？　ちょっと芸がなさすぎない？」

「それだけ向こうも焦ってるんだろ」

「……先ほどの宝石箱のせいじゃない。でも、このままじゃ、エリーまで危険に陥ってしまうわ。だからジュリアンは逃げ帰ったほうがいいわね」

「俺はかまわないぞ」

「では、明日ね。後でエリーにも伝えるわ」

かなり急な決定ではあるが、エリーの安全のためにもジュリアンは離れたほうがいいと判断したのだ。

ジュリアンとしては今の立場で調べられることは調べたので、もう大公宮に用はないのだろう。

オパールは書物机に再び向かうと、次にクロードへの手紙を書いた。

それから今度は係の者に手紙を託し、エリーを再び訪ねる。

エリーは即位式でのドレスを試着しているところだった。

いよいよ式も間近に迫り、準備も慌ただしくなっているのだ。

「どう？　変じゃないかしら？」

「すごく……素敵よ、エリー」

まだ試着の段階なのに、オパールは感極まってしまった。

エリーとは出会ってまだ数カ月しか経っていないのに、娘が結婚するような気分になってしまう。

（娘もいないのにね……）

オパールは感傷的になっている自分がおかしく、内心で笑った。

エリーの周囲では典礼に詳しい古参の女官たちが、ドレスに関してあれこれ指図を出している。

その中にエッカルトがいないのは当然ではあるのだが、それにしてもあまりに関心がないように思えた。

（エリーにというより、即位に関心がないのかしら……？）

エッカルトについては未だに謎が多いが、それでも絡まった糸が解けるような感覚は掴《つか》んでいる。

その確認のためにも、オパールは父親の手を借りることにしたのだ。

「オパール、お待たせしてごめんなさい」

「いいえ。私が押しかけたんだから、気にしないで。それよりも、エリーの素敵な姿を先に見ることができてよかったわ」

試着が終わり、エリーがいつもの姿に着替えて戻ってくる。

エリーは謝罪しながらも、オパールの再訪を疑問に思っていることがわずかに表情に出ていた。

オパールは申し訳なく思いつつ、本題を口にする。

「急なのだけど、ジュリアンが明日ここを発つことになったと伝えにきたの」

「明日？　本当に急だわ……」

「ええ、ごめんなさい。何か急用ができたらしいの。本当に気まぐれよね」

エリーは驚くとともに残念そうにしていた。

どうやら演技ではなく本心のようだ。

ジュリアンとも何だかんだで友情が芽生えていたからだろう。

オパールはエリーの隣に座り、兄の非礼を謝罪するようにその手を握った。

二人の友情をこのひと月弱見ていた女官たちは、お茶だけ用意するとそっと出ていく。

これだけ密着しても怪しまれないだけの関係性をオパールとエリーは築いてきたのだ。

それをしっかり理解して、エリーが小声で問いかける。

「それで、どうしてこんなに急に？　何かあったの？」

「ジュリアンが狙われているの。どうやらジュリアンを追い出したいみたいだから、その通りにしようと思って。そのほうがエリーも安全だわ」

「ジュリアンは大丈夫なの？」

「心配はいらないわ」

「そう……」

ほっと安堵《あんど》したエリーは再びオパールに問いかけた。

「私を誘拐した首謀者がわかったの？」

「……まだ確信はないけれどね」

エリーののみ込みの早さに、オパールはびっくりした。

このまま皆がエリーに協力し支援してくれたなら、きっと素晴らしい為政者になるだろう。

だが、それでは都合の悪い者たちがいるのだ。

「まず間違いなく、ミカエルの護衛のレイモンド・ウェバー騎士は関わっているわ」

「そんな！　じゃあ、ミカエルは……」

「ミカエルは関係ないわね。きっと何が起こっているかも知らされていない。向こうはミカエルを操りたいだけよ」

「ああ……」

七歳も年下のエリーに納得されてしまうのもどうかと思うが、それだけミカエルは頼りないのだ。

オパールが苦笑すると、エリーは意外なことを口にした。

「レイモンドは以前は私の護衛だったのよ。だけど、好きになれなくて辞めさせたの。それも私の我《わ》が儘《まま》の一つ」

「そうだったの？　でもそれなら……五年ほど前のこと？」

「ええ。私が十四歳になったばかりだったから、そうね」

「……どうして好きになれなかったか訊《き》いてもいいかしら？」

たとえまだ十四歳の子どもだったとしても、エリーが単に我が儘で護衛の一人を辞めさせたとは今はもう思えなかった。

オパールの質問に、エリーは少し考えて顔をしかめる。

「なんて言うか……気持ち悪かったの。距離が近いというか、馴《な》れ馴れしいというか……。だからあの人は嫌いって言ったら、しばらくしていなくなったの。それでほっとしていたけど、その後ミカエル付きになったのね」

エリーは何気なく話題にしたようだが、オパールは密かに衝撃を受けていた。

おそらくレイモンドはエリーを誘惑しようとしていたのだ。

それをエリーは感じ取って、防衛本能が働いたのだろう。

考えたくはないが、もしエリーがレイモンドに恋していたら、既成事実を作られていたかもしれない。

その場合、未熟なエリーに代わって、レイモンドが権力を握っていたはずだ。

（時折感じた悪意ある視線は私ではなく、エリーに向けられていたのだとしたら……）

オパールははっとして息を呑《の》んだ。

レイモンドがこの国の過激派の首謀者、もしくはそれに近い立場だとすれば、いくつかの謎が解ける。

「オパール、どうしたの？」

「……ちょっとあることを思いついたの。それで、エリーにも協力してほしいことがあるのだけどいいかしら？」

「え、ええ。それはもちろんだけど……」

オパールは急ぎ変更した計画を説明した。

エリーが素直に受け入れてくれたおかげで、打ち合わせも早くすむ。

「ありがとう、エリー。それじゃ、今のことをジュリアンにも伝えてくるから、これで失礼するわね」

「ええ。ジュリアンに気をつけるよう伝えて」

「わかったわ」

エリーとのお茶の予定を早々に切り上げると、オパールは部屋へと戻った。

そのままジュリアンの部屋に向かいながら、またふらりと消えていませんようにと祈る。

「ジュリアン、ちょっといいかしら？」

声をかけて部屋に入ると、この大公宮の従僕の制服を着たジュリアンが振り返った。

その顔は迷惑そうだが、オパールはいてくれたことに安堵する。

「植木鉢でも落ちてきたか？」

「気分はそのものよ」

「へえ？」

オパールが不快げな表情になって返事をすると、ジュリアンは興味を持ったらしい。

ベッドに腰を下ろして手振りで続きを促した。

オパールは窓際の長椅子に座り、まず伝えるべきことを口にする。

「ピエール卿が過激派の主導者かもしれないけれど、今回のエリー誘拐……誘惑から始まる一連の事件を主導しているのは、レイモンドだと思うわ」

「根拠は？」

「レイモンドはミカエルの護衛としてテラルト国に派遣される前、エリーの護衛だったらしいの。だけど、エリーが我が儘を言って辞めさせたらしいわ」

「まさか、その逆恨みだというつもりか？」

たったそれだけで？　とでも言うように、ジュリアンは問いかけた。

オパールは首を横に振って否定すると、先ほどエリーに聞いた話からの推測を語る。

「エリーが言うには、レイモンド騎士が馴れ馴れしすぎて気持ち悪く感じたそうなの。エリーは人の心の機微に敏いようだから、おそらくレイモンドの下心を感じ取ったんだと思うわ」

「下心？　五年前ならエリーは十四歳だろ？」

「レイモンド騎士はエリーの夫の座を狙っていたのではないかしら？」

「それで代わりにミカエルを操ることにしたから、邪魔なエリーを消してしまえってことか。だが、失敗してエリーは無事にタイセイ王国から帰国した。ならば以前から仕込んでおいた鉄道計画でミカエルを唆し、エリーに重圧をかけ大公の座を放棄させようとしたってところか？」

「ええ。以前のエリーなら放り出したかもしれない。だけど今は違う。重圧を押しのけてでも責務を果たすつもりよ。しかもアレッサンドロ陛下や私たちの後ろ盾まで手に入れてしまった。さらにジュリアンが夫となれば、相当厄介だわ」

「だが、お前が傍にいるだけでも十分に厄介だぞ？　一緒に逃げ帰るか？」

今回の黒幕はレイモンドではないかというオパールの推測を理解し、ジュリアンは冗談っぽく問いかけた。

だが、本気なのはわかる。

ジュリアンが心配してくれていることに内心では嬉《うれ》しく思いながらも、オパールは態度には出さなかった。

「私に手を出せないようにすればいいのよ」

「四六時中ミカエルの傍にいるつもりか？」

「それより簡単よ。私が埋蔵金の在処に気づいたと思わせればいいんだもの」

「今度はお前が攫《さら》われるぞ」

「私はボッツェリ公爵夫人よ？　殺すよりも誘拐するほうが難しいわ」

オパールのように常に注目され護衛が傍にいる立場の人間から、何かを無理やり聞き出すのはかなり難しいだろう。

その身分や財産を狙う者は多く、オパールも護衛され慣れている。

「……クロードと約束したんだがな」

珍しくジュリアンはぽつりと呟《つぶや》いた。

クロードはこの国の事情に首を突っ込むことがどれだけ危険かわかった上で、オパールを送り出してくれた。

しかし、本当は心配で堪らずジュリアンに頼んだのだろう。

オパールはクロードとジュリアンの気持ちが嬉しくて満面の笑みを浮かべた。

それでもやらなければならないのだ。

ピエールだろうがレイモンドだろうが、この国の実権を握らせてしまえば国際情勢に影響を与えてしまう。

オパールはいつもの生意気な態度でジュリアンに問いかけた。

「過激派の正体を暴いて彼らを拘束するのに、それほど時間がかかるかしら？」

「挑発しているのか？」

口調はきついが、ジュリアンは楽しそうに笑っている。

オパールは兄にそっくりの笑顔を返した。

「今回のことでわかったことが他にもあるわ」

「言ってみろよ」

「女性をターゲットにした詐欺師のことよ。彼らはみんな訛《なま》りもなく上品で淑女の相手に慣れている。それって、元々彼らがレイモンドのような立場の上流階級の男性だからじゃない？　ルメオン公国の社交界とソシーユ王国やタイセイ王国の社交界はほとんど交流がないから、みんな顔も知られていない。ただし、エリーに関しては知られている可能性があったから、ロランに声がかかったんじゃないかしら。それでロランは大金に目がくらんで、エリーから私に乗り換えたのよ」

レイモンドがエリーを誘惑しようとしていたのではないかと知ってから、オパールは詐欺師たちの正体に思い至ったのだ。

「レイモンドはおそらくお手軽に身分と財産を得ようとしてエリー誘惑を試みて失敗し、左遷されるような形でテラルト国へ派遣されてしまった。そこでミカエルを通じてピエール卿《きょう》と出会い、過激志向の共和制に感化され同志になったんじゃないかしら。そして、同じような立場の仲間を集めて、詐欺行為でお金を集めて、ピエール卿の活動資金にした」

「そこに、舞い込んできたのがエッカルトの埋蔵金の噂ってわけか」

「ええ。それで、ミカエルを利用してこの国も埋蔵金も手に入れようとした」

「確かにな。レイモンドのように爵位も継げず、燻《くすぶ》っているやつらにとっては、不平等な社会だからな。共和制に惹《ひ》かれるのもわかる。だとすれば、ミカエルがあれほど自信満々に無血革命を訴えていたのにも理由があったというわけか」

オパールの考えにジュリアンも素直に納得し、出会った当初のミカエルの根拠のない自信にも触れた。

「ええ。上流階級の若者の多くがすでにレイモンドたちの仲間なのだとしたら、彼ら過激派の勝率も上がるわ」

「まあ、俺たちが勝つけどな」

「当然よ」

これはゲームではないが、絶対に負けられない戦いなのだ。

ジュリアンはすでに勝ち誇ったように笑い、オパールも同意して再び笑った。

そこから今後の計画について、二人でしっかり話し合ったのだった。

24　事業計画

ジュリアンが発つときには、出迎え時よりも多くの人が見送りにやって来ていた。

いったいどれだけの人たちを誑《たら》しこんだのかと呆《あき》れながら、オパールは周囲をこっそり窺《うかが》った。

エッカルトもいるが、これは出迎えのとき同様に単なる礼儀だろう。

ジュリアンが発つことにミカエルは安堵《あんど》しているようだが、その背後に控えるレイモンドの表情は読めない。

「エリー、こうして別れるのは惜しいけど、必ずまた会いにくるから忘れないでいてくれるかな？」

「忘れたりなんてしないわよ」

大げさに別れを惜しむジュリアンに、エリーはくすくす笑いながら答えた。

エッカルトは変わらず無表情で、ミカエルは困惑を隠さない。

「ジュリアン、急がなければいけないのでしょう？　気をつけて帰ってね」

「僕の妹は相変わらず冷たいな。では、皆さん。大変お世話になりました。またお会いできることを楽しみにしております」

オパールが急かすように言うと、ジュリアンは悪戯っぽく笑って馬車へと乗り込んだ。

すぐに車窓から顔を出してにこやかに皆へ手を振る。

やがて馬車は走り出し、ジュリアンは去っていった。

「――オパールは一緒に帰らなくてもよかったのですか？」

馬車が見えなくなると、ミカエルが遠慮がちにオパールに問いかけた。

「私はもう少しだけ滞在させてもらうわ。それともお邪魔かしら？」

「いえ、そんなことはありません。ただ、何か別行動する理由があるのかと……？」

オパールが冗談っぽく返せば、否定しながらもミカエルは滞在理由を知りたがる。

ところが、エッカルトはそんなオパールたちを残し、さっさと宮内に戻っていった。

オパールはエッカルトの背中をちらりと見てから、ミカエルに向き直る。

「エリーが始める新しい事業について話し合う必要があるの」

「新しい事業？」

「そうよ。それで私が無理を言って残ってもらったの」

オパールが答えると、エリーも加わる。

二人を交互に見るミカエルに、オパールは今思いついたとばかりに手を軽く叩《たた》いて提案した。

「そうだわ！　エリー、ミカエルに相談に乗ってもらいましょうよ。ミカエルは鉄道に詳しいんだから。どうして今まで思いつかなかったのかしら」

「鉄道？」

元々ミカエルに相談するつもりだったが、できれば自然に誘いたかった。

ミカエルは『鉄道』と聞いただけで表情が変わる。

「ええっ？　ミカエルも？」

そこでエリーがわざと顔をしかめて難色を示すと、ミカエルはむっとして言い返した。

「鉄道なら少なくともエリーよりは詳しいからね。オパールの相談には乗れるよ」

「計画を立てているのは私だもの。誰に相談するかは私が決めるわ」

まるで以前の我《わ》が儘《まま》なエリーに戻ったような言い分だが、レイモンドは怪しんでいないらしい。

ただし、新事業については気になるようだ。

オパールは横目でレイモンドをこっそり窺いながら、二人の間に割って入った。

「エリー、ミカエルは鉄道の専門家と言ってもいいくらいだと思うわ。そんな彼に相談しないのは損よ」

「いえ、専門家と言うほどでは……」

オパールがエリーに言い聞かせるように告げると、ミカエルがもごもごと否定する。

「謙遜《けんそん》は必要ないわ。だって、ミカエルはこの国に鉄道網を張り巡らせたいのでしょう？　だとすれば、もうすでにいろいろと考えていたのではなくて？」

専門家と言われて急に及び腰になったのは、まだそこまでの経験がないからだろう。

しかし、オパールが励ますように言うと、ミカエルは嬉しそうに顔を輝かせた。

「まあ、オパールがそう言うなら……。ミカエル、明日の午後は大丈夫？」

「もちろん、大丈夫だよ。オパール、少しでも私が力になれるなら嬉しいです」

エリーが不服そうに誘うと、ミカエルは喜んで頷《うなず》いた。

とはいえ、エリーにではなくオパールに向けてだが。

ミカエルのこういうところが、もっと意識改革が必要なのだ。

だが、エリーを君主として見ていない者はミカエルだけではないだろう。

これからもまだまだエリーはそういう偏見と闘わなければならない。

「じゃあ、明日のお茶の時間に私の部屋に来てちょうだい。オパールもそれでいい？」

「ええ、大丈夫よ」

エリーはミカエルに問いかけながらも返事を待たず、オパールに問いかけてから部屋へ戻ろうと踵を返す。

仲がいいのか悪いのかわからない二人の様子に、オパールは苦笑しつつエリーと並んで歩いた。

その後ろをミカエルとレイモンドが追うが、やがて別の廊下へと進んでいった。

「……本当にミカエルと彼はべったりね」

少し進んでからエリーが呆れたように呟いた。

「明日もきっと前室までは一緒だと思うわ」

「じゃあ、大きい声で話さないとね」

オパールが再び苦笑しつつ答えると、エリーは小声で冗談を言う。

そのチグハグさがおかしくて、オパールは声を出して笑った。

ミカエルのようにべったりではないが、オパールとエリーにもずっと護衛はついているのだ。

単に護衛に見えないだけで、今もすれ違った従僕がそうだろう。

「それじゃ、また明日ね」

「ええ。また明日の午後に」

しばらくしてエリーと別れて自室に戻ったオパールは、ソファに腰を下ろして深く息を吐いた。

緊張していたせいで頭が痛む。

「奥様、少し横になられてはいかがですか？」

「ありがとう、ナージャ。でも、大丈夫よ」

心配するナージャに微笑んで答え、オパールは淹れてもらったお茶を飲んだ。

ナージャが淹れてくれたお茶を飲むと、不思議と元気になれるのだ。

少し休憩できたオパールは、改めてこのルメオン公国の地図を広げて確認した。

段取りはできている。――というより、ジュリアンなら必ずしてくれるだろう。

そう信じて、オパールは次の手を考えた。

翌日の午後。

約束よりほんの少しだけ遅れてエリーの部屋に向かったオパールは、予想通り前室にレイモンドが控えているのを確認した。

軽くレイモンドに挨拶《あいさつ》をしてから、許可を得て部屋へと入る。

そこには当然すでにミカエルもおり、遅れたことを謝罪してからオパールは席に着いた。

「……ミカエルは大公宮内でも護衛を連れているのね」

「ああ、レイは心配性なんです。テラルト国ではやはり治安の悪い地域もあって、鉄道開発も何度か妨害を受けたせいだと思います」

オパールがレイモンドのことに触れると、ミカエルは苦笑しながらその理由を教えてくれた。

その内容は初耳ではあったが、オパールはあえて何も言わなかった。

だが、エリーは突っ込まずにはいられなかったらしい。

「ミカエルは以前、テラルト国がどんなに素晴らしいかを話していたのに、そんな危険なことがあったの？　共和制ならみんなが幸せになれるんじゃなかったの？」

「それは……みんなが幸せになれるんじゃなくて、平等になれるってことだよ」

「ふ～ん」

顔を赤くして弁解するミカエルに、エリーは納得していないとばかりに相槌《あいづち》を打つ。

そのわざとらしさがおかしくて、オパールは微笑んだ。

ミカエルもさすがに言い訳がましいと思ったのか、一緒に笑った。

エリーもミカエルも、こうしていると普通の若者でしかない。

それなのに二人とも——エリーは特にこれから大きな責任を負って生きていかなければならないのだ。

オパールにできることは少ないが、その重責をわずかばかりでも軽くしたかった。

「それでね、新しい事業計画なんだけど——」

「鉄道計画というのはまったく新しい路線か既存の路線を延ばすのか、もしくはどちらもなのか？私は何をすればいい？」

ひとしきり皆で笑った後、エリーが話を始めると、ミカエルは待ちきれなかったらしい。

前のめりに質問を始め、エリーは呆れたようにため息を吐く。

「ミカエル、最後までちゃんと話を聞いてよ。事業計画であって、新しい鉄道計画とは言っていないわよ」

「だが、オパールは鉄道計画と……」

そのやり取りがおかしくて、オパールはまた笑って首を横に振った。

「鉄道計画とは言っていないわ。鉄道に詳しいから相談しましょうと言ったのよ」

「ということは、鉄道計画でしょう？」

「鉄道計画は事業計画の一部よ。ねえ、エリー？」

「そうよ。だから少し黙って聞いていて！」

「わかった……」

エリーに強く言われ、ミカエルはしゅんとおとなしくなった。

どちらが年上かわからないくらいである。

エリーは気を取り直し、再び話し始めた。

「シタオ鉱山はミカエルも見た通り、今のままだと閉山しなければならないわ。だからといって、あそこで働く人たちのことを考えると、簡単に新しい鉱脈で働いてほしいとは言えない。それなら新しい仕事として、山にトンネルを掘ってもらおうと思うの」

「山にトンネルって、まさか……」

「ええ。国境を貫くのよ」

エリーの発言で、ミカエルは見当をつけたらしい。

驚き唖然《あぜん》とし、エリーがさらに大げさに表現すれば、息をのんでオパールを見た。

オパールは微笑んで頷く。

「信じられないよ！　本気なのか⁉」

興奮のあまりミカエルは叫んだ。

エリーは顔をしかめて人差し指を自身の唇に当てた。

「ミカエル、これはまだ秘密よ。大きな声を出さないで」

「あ、ああ。すまない。まさかそんな素晴らしい計画だなんて思ってもいなかったから。でも確かに、こちらもソシーユ王国側も山を挟んで線路はすぐそこまで延びてきているんだ。山にトンネルを掘れば繋《つな》げることも簡単だ」

「その山にトンネルを掘るのが大変なのだけれどね」

小声になったものの、興奮したまま話すミカエルに、オパールが水を差した。

そのままオパールは計画の一部を話す。

「できるだけトンネルは掘らずに峡谷の間を走らせたいの。でも地形や地質、様々な問題があるでしょうから、まずはしっかり調査してルートを決める必要があるわ。その調査にシタオ鉱山で働く人たちの力を借りるつもりなの」

「それは鉱山師や男たちだけですよね？　ということは女性や子ども、お年寄りも働かなくていいんですね！」

「まあ、そういうことになるわね」

オパールの説明にミカエルは素直に喜んだ。

やはり彼らがどうやって暮らしているのかにまでは考えが及ばないようだ。

ただ国境を跨《また》ぐ鉄道計画に夢中になっているだけで、その他の諸事にまで気が回らないらしい。

「ミカエル、事業計画はソシーユ王国との国際列車だけじゃないのよ。他の鉱山で働く人たちの労働環境改善のための設備投資や新しい鉱脈のための鉄道開発、それに伴う鉄道網や港の整備。やることはたくさんあって、お金も時間もかかるわ。みんなの理解だって必要なの」

エリーがオパールとの話し合いでいろいろ出てきた問題点について簡単に触れる。

それでもミカエルは不思議そうに首を傾げた。

「時間については仕方ないにしても、皆の理解などすぐに得られるでしょう？　今よりも生活が豊かになるのですから」

「変化を嫌う人は一定数いるのよ」

「きちんと説明すればわかってくれますよ」

呑気《のんき》なミカエルに呆《あき》れはしたが、今はその問題は後回しにする。

「国民に理解を求めるのはきちんと事業計画が完成してからにしないと、説得材料に欠けるわ。だからこそ、ミカエルにも考えてもらいたいの。まず歴史の古い鉱山はどこも、おそらくシタオ鉱山と同程度と考えて、設備投資については後回しとしましょう。だけど、ここところなら近いので、いったん鉱夫たちにはこちらで働いてもらって……」

事業計画の説明はオパールのほうが慣れているので、エリーに代わって行った。

エリーは今後少しずつ慣れていけばいいのだ。

それよりも優先すべきことは、ミカエルに伝えることだった。

「……だから、ここに線路を通すべきだと思うのだけれど、ミカエルはどう思う？」

ミカエルの興味がなさそうな計画はある程度省いて説明し、反応を窺《うかが》う。

鉄道計画についてはミカエルの意見も聞きつつ、最後の路線まで説明を終えてからオパールは再び問いかけた。

「いいと思います。ただこれだけの規模となると、莫大《ばくだい》な費用がかかりますね。大丈夫でしょうか？」

「ええ。それなら大丈夫よ。以前、ミカエルが言っていた隠し財産を見つけたの」

「本当ですか⁉」

「本当よ」

都合よく資金の話題になり、オパールは埋蔵金についてもったいぶって話した。

すると、ミカエルは身を乗り出さんばかりに食いつく。

「すごいわよね？　それなのに、オパールはどこにあるのか私には教えてくれないのよ？」

「まだきちんと確認したわけではないから。でも間違いないと思うの」

唇を尖《とが》らせてぼやくエリーに、オパールは肩をすくめて答えた。

エリーの演技が完璧《かんぺき》すぎて、オパールまで本当に伝えていなかったかしらと思うほどである。

おかげでミカエルはまったく疑っていないようだ。

「だからまずは、先に確認しないといけないわよね。どれだけ資金があるかで、できることも変わってくるから」

「以前、父に訊《き》いたときにはそんなものはないと言われましたが、どうなんでしょうか……」

オパールが確認をまだしていないと伝えると、ミカエルは弱腰になってしまった。

あまりに単純すぎて心配になる。

もし何も知らないままエリーとミカエルが結婚していたら、本当にこの国は乗っ取られていただろう。

アレッサンドロが強引に介入するのもわかった気がした。

（でも陛下はやり方に問題があるのよ。何事も、本当にやり方よ。現に今だって……）

アレッサンドロは敵を作りすぎる。

今までのあれこれを思い出して、オパールは心の中の擁護を取り消した。

気持ちを切り替えたオパールは、ミカエルが納得するような情報を口にする。

「これは極秘情報なのだけど……実はタイセイ王国で金を密輸出していた人たちが捕まったの。それで……」

オパールが「密輸出」と言っても、ミカエルは興味を示しただけで、罪悪感などいっさい見せない。

やはり鉱石の密輸出にも関わっていないのは間違いなかった。

そう確信をして、オパールは続ける。

「いくつか不明だった密輸出先がわかったの。それがこのルメオン公国だったのよ」

「ということは、この国のどこかにその金塊が隠されているということですか⁉」

「ええ、そうなの。もしエッカルト閣下が本当に何も知らないなら、いったい誰がタイセイ王国の金を密輸入したのか、アレッサンドロ陛下は興味を持たれているらしいわ」

「叔父様が？　まさか、その金塊とやらを取り戻そうとはしていないわよね？　密輸入とはいえ、この国にあるのなら、この国のものでしょう？」

「どうかしら……。陛下が何をお考えかは、私もわからないから……」

「そんな！　まさか、オパールは国王陛下に金塊の在処を教えるつもりではないでしょうね⁉」

「さすがにそれはないけれど、エッカルト閣下でないなら誰なのか気にはなるわね。だからとにかく、急いで確認に行こうと思うの」

「私も行きます！」

「それなら、私も行くわ！」

「……では、事業計画を進める前に宝探しをしましょうか」

ミカエルの予想通りの反応に安堵《あんど》と心配がない混ぜになりつつ、オパールは笑顔で提案した。

「いつにしますか⁉」

「早くしないと！」

興奮するミカエルと一緒になって、エリーまで楽しげに乗ってくる。

オパールは内心で笑いつつも大真面目なふりをして、宝探しの計画を三人で立てたのだった。

25　宝探し

宝探しの日程はあっという間に決まり、話し合いの二日後には出発することになった。

当然エッカルトはまた出かけることにいい顔をしなかったが、視察だと言ってエリーは押し切ったのだ。

本音を言うなら、オパールもエリーには残っていてほしかった。

大公宮から出るということは、危険が増すということである。

それでも、置いていくならミカエルとレイモンドに宝探しは嘘の計画だと言うと脅されては、オパールも了承せざるを得なかった。

（どんどん図太くなっているわね……）

誘拐されて泣いていたのはほんの二カ月ほど前なのに、今では自分から危険に飛び込もうとしている。

だが、おそらくこれが本来のエリーなのだろう。

オパールは隣に座るエリーをちらりと見てため息を吐いた。

「どうかしたの？　オパール、ひょっとして疲れた？」

オパールのため息に気づいてエリーは気遣ってくれるが、その顔は楽しそうに輝いている。

エリーはオパールの心情をしっかり理解しているのだ。

「疲れてはいないけれど、年を取ったなって思ったの。今の私を見たら、きっとジュリアンは大笑いするわ」

ジュリアンに散々お前とエリーはよく似ていると言われたのだ。

今になってクロードがオパールを過保護なくらいに心配してくれる気持ちがよくわかった。

きっとこれからオパールがしようとしていることを知れば、心配どころではないかもしれない。

考えないようにしていたが、クロードのことを思い出すと途端に恋しくなってしまう。

早くリュドとクロードに会いたいと思いながら、オパールは再びため息を吐いた。

「この路線はよく揺れますから、疲れるのも仕方ありませんよ。ですがもうすぐ目的地のマツハ港に到着しますから、あと少しの辛抱です」

「……ありがとう、ミカエル」

オパールのため息の理由を勘違いして、ミカエルが励ましてくれる。

ミカエルも単純ではあるが純粋で優しい人柄であり、本当ならこんなふうに騙《だま》したくはなかった。

そんなオパールの気持ちを察してか、エリーが励ますように手を握ってくれる。

オパールは感謝の気持ちを込めて、エリーに向けて微笑んだ。

そのとき、汽車が甲高いブレーキ音を響かせて激しく揺れる。

どうやらミカエルの言う通り、終着駅であるマツハ港に到着したらしい。

「――ミカエル様、大丈夫ですか？」

「ああ、心配ないよ。ありがとう、レイ」

ナージャよりも誰よりも早く、オパールたちの客室にやって来たのはレイモンドだった。

レイモンドはミカエルを心配しながらも、ちらちらとオパールへ視線を向ける。

ミカエルにはこの宝探しは秘密だと念押ししたが、やはりレイモンドには伝えているらしい。

(期待通りではあるけれど、複雑な気持ちだわ……)

オパールがもやもやしながら客室を出ると、ナージャが待っていた。

ナージャはどうやらレイモンドに腹を立てているようだ。

「公女殿下のお付きの方を差し置いて先に客室に入るなんて非常識です！」

隣の客室で待機していたナージャは、レイモンドに対してぶつぶつ文句を言っていた。

おそらくウェバー伯爵家出身という身分から、女官たちも遠慮しているのだろう。

本来ならレイモンドが周囲の気遣いを察して控えめに行動するべきなのだが、その気もないようだ。

オパールはエリーの後に続いて客車から降りながら、背後のミカエルたちに意識を向けていた。

前回のシタオ鉱山の視察時よりもかなりピリピリしているのが伝わってくる。

そのせいかエリーも緊張しており、オパールは気持ちを引き締めた。

「エリー、大丈夫よ」

「ええ……ありがとう、オパール」

エリーに声をかけながらも、オパールは自分にも言い聞かせていることに気づいた。

そのとき、出迎えの群衆の中にジュリアンの姿を見つけて安堵する。

悔しいがこれほどジュリアンを見て安心したことはなかった。

駅に詰めかけている者たちは歓迎しているというより、物珍しさで見学に来ているらしい。

だが、公女殿下一行に対してそこまで悪い感情は持っていないらしく、ただ荒っぽいだけだった。

「港も鉱山町も変わらないな……」

宿までの馬車に乗った途端に、ミカエルはほっと息を吐いて呟《つぶや》いた。

オパールはその言葉に微笑んで応えただけで、車窓から街並みを眺める。

エリーもまたほっと息を吐いただけで、何も言わなかった。

車内には微妙な沈黙が落ちたが、幸い馬車はすぐに止まった。

宿屋はシタオ鉱山のときとは違って最高級のようだ。

「よかったですね。また官舎なら、どうしようかと思いました」

ミカエルだけが宿屋を見て浮かれたように言う。

オパールとエリーはどうしても緊張してしまうのだが、ミカエルは楽しみで仕方ないらしい。

「ミカエル、ピクニックじゃないのよ？」

「わかってるよ」

エリーが呆れて言えば、ミカエルはきっぱり頷《うなず》いたが、笑顔のままだった。


翌日。

視察は午後からの予定で、午前中はゆっくり過ごすことになっていた。

当然、それは港の人たちに向けての言い訳で、オパールたちは目立たない姿に着替え、別々に宿を出た。

オパールもエリーもそれぞれ護衛は二人だけだったが、決めていた集合場所にやって来たミカエルには四人の護衛がついている。

「ミカエル、これじゃ約束と違うわ。目立ってしまうじゃない」

エリーが苦情を言えば、ミカエルも申し訳なさそうにする。

だが驚くことに、レイモンドがエリーに答えた。

「エリー様、お許しください。失礼だとは思いましたが、これからどこに向かうのか我々は知らされておりません。ですから、警戒せざるを得ないのです」

この言葉には、オパールの護衛たちが怒りを見せた。

自分の主が疑われているのだから当然だろう。

しかし、オパールは後ろ手で護衛を制し、レイモンドからミカエルへと視線を移して微笑みかける。

「ミカエル、彼はあなたのお友達なの？　エリーのことを親しげに呼ぶほどですもの。どのような方なのかしら？」

いつもならしないような居丈高な態度で、オパールはミカエルに問いかけた。

オパールはレイモンドが護衛の領分を超えていると暗に伝えているのだ。

当のレイモンドは顔を赤くして怒りを抑えているらしい。

これから対決するかもしれないというのに、やりすぎたかとは思ったが、オパールやエリーの護衛を蔑《ないがし》ろにするような言動は許せなかった。

「あの、彼は私の護衛でレイモンド・ウェバー、ウェバー伯爵家の者です」

「あら。ウェバー伯爵ご夫妻にはとてもよくしていただいているのに、息子さんがもう一人いらっしゃったのは知らなかったわ」

オパールはにっこり笑ってミカエルに答えると、周囲に目を向けた。

ここは港近くの整備されていない海岸で、人影もほとんどない。

古びた灯台は今は使われておらず、少し先に高くそびえる最新鋭のものにその役目を譲っている。

遠くには民家がちらほら見えるが、この辺りは過去に波で削られた奇岩が所々に突き立つように姿を見せているだけだった。

ただし、港になっている海岸と違って砂浜もあり、小舟で岸に上陸することもできるようだ。

要するに、夜中にこっそり何かを運び入れることはできる。

オパールは話に聞いていた通りの場所を目にして顔をしかめた。

(これはケイトが心配するのも当然だわ)

今よりもまだ小さかったメイリがここで一人遊んでいたかと思うとぞっとする。

だが、あの屋根裏部屋でメイリから秘密基地だと教えてもらったこの場所の描写は完璧《かんぺき》だった。

「この先に洞窟《どうくつ》があるらしいの。でも上手く説明できなかったから、ここまで来てもらったのよ」

オパールはレイモンドにようやく視線を向けて言うと、集まった皆を見た。

「まあ、今さら目立つなっていうほうが無理ね。ここまで何もないとは思っていなかったから。それにこれだけいれば、金塊を発見できたらすぐに持ち出せるし、とりあえず行きましょう」

オパールの言葉には誰も異を唱えることなく、皆が従う。

レイモンドも苛立《いらだ》ってはいるようだが、素直についてきていた。

「ねえ、オパール。よくこんな場所を知っていたわね？」

「教えてもらったの。ほら、エリーも覚えていないかしら？　タイセイ王国行きの船に乗っているとき、私が一緒にいた小さな女の子」

「え？　ああ！　ロランと一緒にいたときに会ったあの子ね！」

オパールは腰の高さまである枯れ草をかき分けて進みながら、エリーの質問に答えた。

エリーを見るふりをして振り返り、レイモンドをちらりと見る。

もうロランのことを気にしていないのか、エリーはあっさり名前を出した。

途端にレイモンドがぴくりと顔を引きつらせる。

それだけでは確信は持てないが、ロランのことを知っている可能性はやはり高かった。

「ロランって誰だ、エリー？」

「え？　あー、友達？」

船でのことも誘拐についても知らないミカエルが、男性の名前を聞いて不機嫌にエリーに問いかける。

そのやり取りがおかしくて、オパールは噴き出した。

「ミカエルはまるでエリーのお父さんみたいね」

「ええ？　それはないわよー」

「オパール、せめてお兄さんではダメなのか……」

オパールの発言にエリーもミカエルも不満を漏らす。

しかし、結局はエリーもミカエルも笑い、護衛たちも笑った。

その中で、レイモンドだけが笑わないどころか、ついに直接オパールに問いかける。

「まさか、その小さな女の子とやらの話を真に受けたのですか?」

「レイ、失礼だろう!」

「大丈夫よ、ミカエル。彼の疑問ももっともだもの」

いくらレイモンドが伯爵家の出身であろうと、護衛が許可も得ずに客人に話しかけるなど無礼でしかない。

ミカエルもさすがに注意したが、オパールは許した。

「その女の子からこの場所のことを聞いたときには、私も特に気にしなかったの。この先にある洞窟に数人の見知らぬ男性たちが何かを運び込んでしまったから秘密基地にできなくなったなんて。だけど、エリーが埋蔵金について『海賊が隠しているとか』なんて言うから、ここの話を思い出したのよ。さらにタイセイ王国で密輸出されていた金がこの国に流れているらしいと夫から聞いて確信を持ったわ。時期的にもぴったりだったから。今まで話さなかったのは秘密保持のためよ。先に誰かに盗られても困るでしょう?」

嘘は真実を織り交ぜれば完璧な嘘になる。

岩肌の上を慎重に進んでいたオパールはそこまで答えると、振り返ってレイモンドを見た。

すると、レイモンドは目を逸らす。

どうやら他に質問はないようだと判断して、また進み始めた。

そして、メイリの説明通り、突き出た奇岩の奥にある大きな岩壁に洞窟を見つける。

大人が入るには腰を屈めなければならないようだ。

「あそこだわ」

オパールが指し示すと、皆が頷いた。

しかし、すぐにレイモンドがオパールよりも先に進む。

「公爵夫人はミカエルとエリー様――殿下とここでお待ちください。中は危険かもしれませんので、先に私どもが確認してまいります」

「……わかったわ。気をつけてね」

レイモンドの主張はもっともで、オパールは受け入れた。

洞窟はそれほど深くないらしいので、レイモンドたちはすぐに戻ってくるだろう。

レイモンドともう一人が洞窟に入っていき、ミカエルの護衛は二人になる。

そしてしばらくすると、洞窟内から何かの合図のような笛の音が聞こえた。

「何？」

「何だ？」

エリーやミカエル、護衛たちが驚き警戒していると、大勢の男たちが突然現れて皆を囲んだ。

その手には銃が握られており、護衛たちは急ぎオパールとエリーの盾になるように立った。

だが、ミカエルだけはその場に立ち尽くしている。

ミカエルの護衛二人は主を守ろうともせずに、逆に男たちに合流したからだ。

そこにレイモンドがゆっくり歩いて戻ってきた。

「まさか本当に隠した金塊があるとはね。公爵夫人、ありがとうございます」

「レイモンド？　どういうことだ？」

レイモンドは男たちを見ても動じることなく、ニヤニヤしながらオパールに礼を言った。

その様子にミカエルは戸惑っている。

「あなたはミカエルの護衛でしょう？　この状況で何をしているの？」

オパールはレイモンドに問いかけながら、男たちをざっと見回した。

人数はミカエルの護衛も入れて二十人弱。圧倒的にオパールたちが不利である。

「さすがボッツェリ公爵夫人ですね。この状況でも落ち着いていらっしゃる」

「そうでもないわ。そういうふりが上手くなっただけよ」

オパールはゆっくり答えながら時間を稼いだ。

エリーは緊張しているようだが自分の立場を理解して護衛の陰にきちんと隠れている。

この中で状況を理解できていないのはミカエルだけだろう。

「レイモンド、質問に答えてくれ！」

「うるせえよ！　鉄道馬鹿のお坊ちゃんは黙ってろ！」

「レイモンド……？」

笑っている場合ではないのだが、ミカエルを形容する絶妙な言葉に、オパールはどうにか笑いを堪えた。

どうやらエリーも同様らしい。

「……ミカエル。残念だけど、あなたのお友達は『隠し財産』を狙っていたのよ。それを軍資金にして革命を起こすのかしら？」

「革命なんか起こすかよ。馬鹿らしい。何だって俺たちが愚民どものために金や労力を使う必要があるんだ？」

オパールが代わりにミカエルに答えると、レイモンドは否定して大声で笑った。

周囲の男たちも馬鹿にしたように笑う。

男たちの見かけは港湾労働者のようではあるが、雰囲気が労働者とはまったく違った。

やはりレイモンドと同じような立場の者たちなのだろう。

ミカエルは呆然《ぼうぜん》としてレイモンドと男たちを見回した。

「だが、ピエールと約束しただろう……？」

ミカエルの言葉に、レイモンドや男たちがまたどっと笑う。

「ミカエル、お前はまだあいつの言うことを信じていたのかよ！　あいつは鉄道になんか興味はないぞ？　ただお前を都合よく使っていただけだ。いい加減に気づけよ！」

予想はしていたが、ピエール卿《きょう》はミカエルを利用していただけで、周囲はそれに気づいていたのだ。

オパールもミカエルをこうして利用したので責める資格はないが、それでも気の毒になってきていた。

だが、ここではっきりさせなければならないことはあり、ミカエルへのフォローは後にする。

「要するに、あなたたちはお金を手に入れて自由に暮らしたいってこと？　それでエリーを誘惑して騙《だま》そうと企んだの？」

「企んだのはピエールだよ。理想の国を作るには金がいるって、あれこれ画策してるが、女を騙したくらいじゃ、労力がいるだけで大した金にはならないだろ？　だから誘拐してやったんだよ」

「じゃあ、あなたがロランを脅して私を誘拐させたの⁉」

レイモンドの話を聞いて、エリーが信じられないとばかりに叫んだ。

仮にも一度はエリーの護衛になった騎士なのだ。

しかし、レイモンドは罪悪感の欠片も抱いていないらしい。

「あの馬鹿どもは失敗したがな。そのせいで、ロランがその女から巻き上げた五千万も回収できなかった。ま、さすがにタイセイ王国の国王を敵に回すのはまずいってことはわかったよ」

「だとすれば、私の身に何かあってもアレッサンドロ陛下は敵になるわよ？」

アレッサンドロを敵に回さないとの判断は正しいだろう。

それならと、オパールが自分の価値を伝えれば、レイモンドも理解していた。

「別に何かしようとは思ってねえよ。あの金が手に入れば、俺たちはもうこんな国とはおさらばだ。ピエールともな。ま、せいぜい金を運び出すまでおとなしくしてろよ。ああ、そうそう。あの金を見つけてくれたことには感謝してるぜ？　だから、無傷で生かしておいてやるよ」

「それはどうも」

「ジュリアンに毒を飲ませようとしたのは？」

「目ざわりだったから死ねばいいのにと思っただけだ。あいつは自分の恵まれた立場を利用して、さらにエリーの夫の座まで手に入れようとしていたからな」

「暴漢に襲わせたのは？」

「それは俺たちじゃないな。何だ、あいつは他にも恨みを買ってるのかよ」

「そうなのよ。たとえば私。でもね、頼りになるのも確かなの。では、追《お》い剝《は》ぎは？」

「あれは馬鹿を唆したらどうなるか試してみたんだ。おかげさまでいい臨時収入になったよ」

レイモンドはぺらぺらしゃべりながらも、ちらりと後ろを見た。

仲間の何人かが洞窟《どうくつ》に入り、金塊の入った箱を運び出そうとしているようだ。

洞窟の入口には箱がどんどん積まれていく。

おそらくすでに逃走手段も確保しているのだろう。

なかなか抜け目がないなと思いつつ、オパールはミカエルをちらりと見た。

ミカエルは驚きのあまり、言葉もなくまだその場に突っ立っている。

今のままでは危険だと、オパールは自分の護衛に視線を向けた。

護衛たちは状況を理解し、オパールの意図も察して頷《うなず》く。

「レイ、次で最後だ」

そう言って、金塊を運ぶ男たちは再び洞窟の中へと消えた。

積み上げられた箱を見て、オパールたちを囲んでいる男たちが口笛を吹いたりして喜んでいる。

「では、俺たちが逃げる間、金塊の代わりにこの洞窟に入っていてもらいましょうかね」

レイモンドがそう言うと、じっとりと男たちが近づいてきた。

その手には銃の代わりに縄が握られている。

銃は腰に下げており、オパールは彼らの背後に目を向けた。

「私たちはこのまま縛られて洞窟に放置されるのかしら？」

「嫌なら殺してやるぞ？」

「それは遠慮しておくわ。それよりも、私たちの行方がわからないとなればすぐに捜索が開始されるでしょうから、逆にあなたたちの逃げる時間が足りないんじゃないかしら？」

オパールの問いかけに、レイモンドははっとした。

金塊に目が眩《くら》んで判断力がかなり鈍っていたようだ。

自分は頭がいいと思っている者ほど、実際は愚かであり得ない失敗をする。

「詰めが甘いのよ、我《わ》が儘《まま》なお坊ちゃんは」

「何を――っ⁉」

オパールはとびきりの笑顔でそう吐き捨てると、急ぎ地に伏せた。

エリーにも護衛が覆い被さり、ミカエルにはオパールの護衛が突き倒す勢いで覆い被さる。

同時に銃声がいくつも聞こえ、次々に男たちは悲鳴を上げ倒れていった。

銃を持ったままだった男たちは応戦しようとしたが、どこから狙われているのかわからないまま狙撃されて痛みに呻《うめ》く。

銃声が鳴り止み、頼もしい足音が近づいてきて、ようやくオパールは周囲を窺《うかが》いながら頭を上げた。

レイモンドと洞窟から出てきた男たちは両手を上げて降参している。

「なぜお前がいるんだ⁉」

「なぜって……むしろ、なぜいないと思ったんだ？」

レイモンドが怒鳴りつけると、ジュリアンは不思議そうに首を傾げた。

もう安全だと判断した護衛たちが立ち上がってオパールに手を貸してくれる。

「ありがとう」

護衛たちとも先に打ち合わせをしており、様々な展開を予測して対策を考えてはいたが、絶対ということはない。

それでも護衛たちはオパールやエリー、そしてミカエルを守ってくれたのだ。

立ち上がったオパールは護衛たちに感謝しつつ、周囲を改めて見回した。

そこには、ジュリアンと武装した兵士たちが銃をかまえたままレイモンドたちを囲んでいる。

兵士たちはどこの所属かはわからないが、間違いなくタイセイ王国の者たちだった。

だが、出自を語らなければ問題ない――ことにするのだろう。

「正直なところ、これほどあなた方が簡単に引っかかってくれるとは思わなかったわ。もっとこう……様子を見るかと……」

オパールは呆《あき》れたように呟《つぶや》いた。

金塊を見つけたとしても、オパールたちが別の場所に運び出すのを待って、邪魔が入らないようにしてから盗み出すこともできたはずである。

だが、エリーが予想以上に大公としての自覚をしっかり持ち、味方を増やしていたことで焦っていたのかもしれない。

「あ、あの金塊は本物だったぞ⁉」

「そりゃそうだよ。僕が急いで用意して、あそこに隠したんだから。この三日で準備するのは大変だったから、まんまと引っかかってくれて助かったよ。あ、でも下半分はただの石だよー」

レイモンドも仲間たちに自分の後を付けさせながら、金塊が見つからなかったら何もするつもりはなかったようだ。

ところが本当に見つかったばかりに興奮し、合図の笛を鳴らして作戦を実行に移した。

すべてオパールとジュリアンの計画通りに動いてくれたわけである。

その中でただ一人、未だに状況がのみ込めていないミカエルがふらふらと前に進み出て、レイモンドに声をかける。

「レイモンド……本当にこれはいったい……？」

「うるせえ！　まだお前はわからないのか！　このクソが！　お前がさっさとあの小娘と結婚してしまえば、こんな面倒なことをしなくてもすんだんだよ！」

レイモンドはジュリアンの仲間に縛られながらも、ミカエルを詰った。

すると、エリーの怒りが爆発する。

「誰が小娘ですって⁉　私は結婚なんて絶対しないわ！　男なんてみんな自分勝手なバカばっかり

なんだから！」

「エリー、僕もそのバカに入るのかな？」

苦笑しつつジュリアンが問えば、エリーはキッと睨《にら》みつけた。

「ジュリアンが一番自分勝手よ！」

エリーは泣きこそしなかったが、再び安堵《あんど》が怒りに変わったらしい。

自分の結婚について馬鹿にされたのも怒りの原因だろう。

レイモンドは当然のこと、鈍いミカエルに怒りが湧くのもわかる。

ジュリアンも過激派をあぶり出すためとはいえ、エリーに何度も気を持たせるような演技をしたのだから ある意味同罪だった。

むしろエリーはよく我慢したほうだ。

「エリーに分別があってよかったじゃない」

「まあ、そうかもな」

たぶん、きっと、ほんのちょっとだけ、エリーはジュリアンに惹《ひ》かれていたのだ。

もしエリーが本気で望めば、今まで公にアプローチしていただけに、ジュリアンは断ることはできなかっただろう。

ぷりぷり怒って離れていくエリーの背中を見つめながら話していたオパールは、草むらががさりと動いてはっとした。

背の高い枯草の陰になって気づかなかったが、銃撃で足を負傷したレイモンドの仲間がいたのだ。

その男は震える手で銃口をエリーに向ける。

「エリー！」

今から逃げても間に合いそうにない。

オパールはとっさにポケットに入れたままだった手で銃を握り、安全装置を解除して男の腕を狙って撃った。

銃声は二発。

エリーはただ驚き立ち尽くしているだけのようで怪我はなさそうだ。

急ぎ兵士が駆けつけてエリーの安全を確保する。

また別の兵士が男を取り押さえた。

幸い男もまた腕を撃たれて痛みに叫んでいるだけで、命に別状はないようだった。

初めて人に向けて撃ったことで、銃を握ったまま震えるオパールの手を、ジュリアンが掴《つか》んで下ろさせる。

「よくやった、オパール。俺より早かったな」

「やめて。ジュリアンに褒められたら、それだけのことをしたんだって実感してしまうわ」

「じゃあ、言わせてもらうが、俺のほうが狙いはよかったからな。お前の撃った弾は手首をかすめただけだ」

慰めのつもりかもしれないが、結局は銃を撃ったことについて言及しているだけだった。

ちらりとジュリアンを見れば顔をしかめている。

自分でも下手な慰めだったと自覚があるらしく、珍しく不器用なジュリアンを目にして、オパールは思わず噴き出した。

それからようやく緊張が解け、強張っていた体から力を抜くことができたのだった。

26 真相

ウェバー伯爵家四男のレイモンド他、貴族の子弟たちが起こした騒動は、ひっそりと処理されることになった。

事件が起きた場所に目撃者がいなかったこと、今まで大きな被害に遭った者がいなかったことが幸いしたのだ。

またやはり貴族の子弟を厳罰に処すことはできなかった。

高級リゾート地での詐欺などに関しては、被害届が出ていないことでお咎《とが》めなしとなっている。

これらの処理はウェバー伯爵主導で行われた。

ただし、伯爵は息子だから減刑しているわけではなく、貴族法に則って淡々と処理しているようだ。

伯爵夫人もショックを受けているようではあったが、エリーとオパール、ミカエルへは恨み言もいっさいなく、真摯《しんし》に謝罪してくれたのだった。

（これぞ貴族って感じね……）

だが、それほど立派なウェバー伯爵夫妻の子どもでも、レイモンドのような私利私欲に走る人物に育つのだから、子育ての難しさを改めて痛感する。

アレッサンドロもまたヴィンセントに悩まされているのだ。

（クロードとリュドはどうしているかしら……？）

タイセイ王国のことを思い出すたびに二人に早く会いたい気持ちが募るが、あと一つだけ片づけなければならない問題がある。

今朝届いたばかりの父親からの手紙を読み返し、オパールは大きくため息を吐いた。

予想はしていたが、今ひとつ目的がわからない。

問い詰めたとして本当のことを話してくれるだろうかと考えていると、大公宮の従僕が戸惑いを隠さずやって来た。

オパールに来客があるというのだ。

その名前を聞いて、オパールはぱっと顔を輝かせた。

途端に従僕は不審げな表情になる。

それも仕方ないだろう。

来客はソシーユ王国の真っ当な金貸しのルボーと名乗っているのだから。

「ルボー！　お久しぶりね。わざわざ来てくれて嬉《うれ》しいわ」

部屋へと案内されて入ってきたルボーを、オパールは喜んで迎えた。

前回、ソシーユ王国とを繋《つな》ぐ山間の街道の宿屋で偶然出会ったときは、ほとんど会話もできなかったのだ。

「公爵夫人が私を必要とされていると、ご夫君から手紙を頂戴《ちようだい》いたしましたのでね。貸しを作るのは大歓迎ですから、こうしてわざわざ参りました」

「まあ、怖いわ。マダムを紹介してくれたお礼もまだなのに。利息はどれくらいになっているのかしら？」

「沈黙は金なり、ですよ」

話したいことはたくさんあるが、話せないこともたくさんある。

お互い情報の価値をわかっており、いかに相手から引き出すかの駆け引きをついしてしまうのだった。

「わかったわ。あなたは口の堅さが商売道具なのも同然だものね。ここに来てくれただけで十分よ。信用第一でいいから、午後の予定に付き合ってね」

「午後には何をなさるのですか？」

「大公代理のエッカルト閣下と面談するの」

「……ほう？」

オパールのお願いにルボーが興味深げに答えたとき、お茶の用意をしてナージャが入ってきた。

「あ、ルボーさん！　お久しぶりです！　わーあ、ここでルボーさんにお会いできるなんて嬉しいですー！」

無邪気なナージャの言葉に、ルボーも毒気を抜かれたようで優しく目を細める。

「何の打算もなく私に会って喜んでくれるのは君くらいだね」

「えー？　そんなことないですよ。ルボーさんは優しいんですから」

にこにこしながら言うナージャに、オパールまで嬉しくなって微笑んだ。

午後からの予定に緊張していたのに、おかげで力を抜くことができる。

（ナージャはもちろん、ここまでルボーを派遣してくれたクロードには感謝しかないわね……）

ルボーのことは特にクロードに頼んだわけではない。

ただぼんやりぼかした内容の手紙を送っただけである。

それだけでルボーの必要性をクロードは察し、この大公宮まで来るように手配してくれたのだ。

みんなに助けられていることを実感しつつ、オパールは午後までルボーと本当に他愛ない話をして過ごすことができたのだった。


午後になり、約束の時間にオパールはエッカルトの執務室をルボーとともに訪ねた。

突然のルボーの登場に、すでに待っていたエリーとミカエルは驚いたが、エッカルトはちらりと目を向けただけで動じない。

さすがだなと思いながら、オパールはルボーを紹介した。

ちなみにジュリアンはすでにこの国を発ち、テラルト国に潜伏しているようだ。

「――それで、今日はいったい私に何の話かね？　わざわざ金貸しまで呼ぶとは、エリーが言っていた新事業とやらに融資でもさせるつもりかな？」

「いいえ。今日お時間をいただいたのは、私が閣下にお訊《たず》ねしたいことがいくつかありまして、お願いしたものです。エリーとミカエルは知るべきことだと思い、同席していただきました。またルボーには立ち会っていただくだけです」

簡単な挨拶《あいさつ》の後、先に切り出したのはエッカルトだった。

嫌味の交じったその言葉に、オパールは冷静に答える。

エッカルトはかなり不快げではあったが、オパールは引かなかった。

「まず、一番はじめに知りたいのは、閣下とテラルト国の労務党党首ピエール卿《きょう》の関係です」

「関係も何も、ミカエルが世話になったことは知っているが、私は特に関係ない」

「では、なぜピエール卿に……労務党に多額の献金をされているのですか？」

「なっ⁉　父さん、本当なのか⁉」

オパールの問いに、エッカルトよりも先にミカエルが立ち上がって詰め寄った。

しかし、エリーがミカエルの腕を掴んで止める。

今日の面談では、オパールの質問が終わるまでできる限り発言しないでほしいとお願いしているのだ。

「……すまない。続けてくれ」

エリーに止められてそのことを思い出したのか、ミカエルは謝罪して腰を下ろす。

「……他国の党への献金に、何か問題があるのかね？」

「献金に問題があるわけではなく、なぜ閣下が労務党発足時から献金をされていたのかと疑問に思ったのです。失礼ですが、何の縁もなかったのではありませんか？　ひょっとして、脅迫されていたなんてことは――」

「違う。脅迫などない」

先ほどまでピエール卿とは関係ないと主張していたエッカルトだが、今は献金の事実を認めている。

問題はその理由なのだ。

それがわかれば、今回の一連の騒動も片をつけることができるとオパールは考えていた。

「一つ、私からも訊《き》きたいが、なぜ私が労務党に献金しているとわかったのだね？」

「情報源は明かせません。ですが、どんなに隠そうとしても、こうして秘密は漏れるものです。秘密を作るときには、いつかは暴かれるものと考えておくべきですね」

偉そうに言いながらもオパールは罪悪感を抱いていた。

本来なら、これは暴いてはいけない秘密なのだ。

今現在、ルメオン公国で採掘される鉱石はすべて大公家に占有されているため、消えていようが消えていなかろうが、収益金は大公家独自の財産である。

それは他人であるオパールが口を出す問題ではなかった。

たとえその財産を近い将来にエリーが受け継ぐとしても、今はエッカルトの管理下にあり、どのように使おうが自由なのだ。

ただし、それが共和制を支持するために使われたのだとすれば、エリーが即位する前にエッカルトの目的をはっきりとさせておくべきだった。

「それで、なぜピエール卿の支援を？」

「……頼まれたからだ」

「それでミカエルがテラルト国内の鉄道建設費を支援するのとは別に献金されたのですね？　そしてその見返りに、エリーが即位をせず大公の位から逃げたとき、この国を共和制に移行するよう主導してもらう約束をした」

オパールは質問ではなく断定した。

この国に来て、エッカルトと対面し、ミカエルと話して、ずっと抱いていた違和感。

エッカルト自身が共和制支持者だとすれば、様々なことに納得がいくのだ。

エリーがショックを受けているのはわかったが、今は話を先に進めるべきだとオパールは続けた。

「エリーにタイセイ王国へ行く許可を出したのも、このまま帰国しなければいいと考えたのではありませんか？」

「そんな……」

「でもそれは、エリーには大公などといった重圧を負うことなく、幸せに暮らしてほしかったからですよね？　だから幼い頃からエリーに必要な教育を施さず、最低限の教養だけで放置した。宮から出さなかったのも、外は危険がいっぱいだから。閣下なりの愛情ですよね？」

エリーは深く傷ついたようだったが、その手をミカエルが取り慰める。

ミカエルは従兄として、エッカルトは叔父として、不器用にもエリーをちゃんと愛しているのだ。

エッカルトは一度口を開いたが、すぐに閉じると疲れたように深く息を吐きだした。

「――兄は……エリーの父親は、大公として為政者としてとても優秀な人だった。姉もそうだ。アレッサンドロに見初められたのも当然だと思った。二人とも私の自慢だったんだ。それなのに……」

そこまで言って、エッカルトは声を詰まらせた。

過去を思い出して苦しんでいるようだったが、オパールにはかける言葉もなく、ただエッカルトが自分自身で折り合いをつけるのを待つしかなかった。

「……それなのに、あの忌々しい病は兄と姉の命を奪ってしまった。せめて姉が生きていてくれれば……。だが生き残ったのは、何の才能もない平凡な私だけだった。しかもそんな私に改革半ばのこの国と、将来の大公となるエリーが遺されたんだ。それがどれほどの重圧だったか……。きっと私は失敗してしまう。テラルト国のようにいつか民の怒りを買い、この地を追われる時が来る。それならいっそ、何もしなければいいと思った。何もせず、何かあったときには、すぐに逃げられるようにと財産を蓄えた」

「それがミカエルの言う『隠し財産』ですね？」

「そうだ。世間では『埋蔵金』とも言われているらしいがね」

エッカルトはふっと笑い、それから立ち上がった。

エリーもミカエルも、エッカルトの告白に驚き、言葉を失っているようだ。

窓際へと歩み寄ったエッカルトは、振り返ってオパールをまっすぐに見つめる。

「だが、あなたの言うように、秘密は漏れてしまった。どこからともなく、私が財産を隠していると知られ、エリーが身代金目的に誘拐されてしまった」

「それは、レイモンドたちが……」

先日の騒動のとき、タイセイ王国での誘拐の件を知ったミカエルから、どういうことかと後で問い詰められた。

そのため、オパールは自分のことは伏せて簡単に説明したのだが、ミカエルはレイモンドのさらなる悪事を知ってショックを受けたばかりだ。

「あのアレッサンドロの庇護《ひご》下でも誘拐されてしまうんだ。それならもう私には何もできることはない。さっさとこの国を放棄して、どこか遠い国で隠れて暮らしたかった。だが、エリーは大公として即位すると――この国を改革してみせると意気込んで戻ってきた。それもあなたの影響でね」

「エリー自身が決めたことです」

「そうよ。確かに、オパールの影響はあるわ。オパールのように強くなりたいって思ったもの。だけど、私が決めたの。もう逃げたりしないって」

オパールが苦笑して答えると、エリーが同意して主張する。

どうやらエリーはショックからは立ち直ったようだ。――おそらく心の内ではまだ傷ついているだろうが。

エッカルトは窓枠にもたれ、目を細めてエリーを見た。

「いつの間にか、兄さんに……いや、姉さんにかな？　似てきたんだな。最近はお前の顔を怖くて見ることもできなかった。兄さんを裏切っているようでな」

エッカルトはそう言って、エリーから目を逸らした。

「お前がタイセイ王国から帰国したとき、失敗したと思ったよ。あの国へ行かせるのではなかったとね。さらには公爵夫人まで招待してしまった。もう後には引けない。エリーは大公に即位してしまう。そう思うと怖くて……」

「ジュリアンを脅して、私たちを帰らせようとしたんですね？」

「その通りだ」

「それなら、私を追い出せばよろしかったのに」

「女性を怖がらせるわけにはいかない」

植木鉢や謎の破落戸出現は、やはりエッカルトの仕業だったらしい。

それでいて、オパールを——女性を怖がらせることは不本意だというのがおかしかった。

エッカルトは古き良き紳士なのだ。

そのために、女性であるエリーには大公は無理だと判断し、エッカルトなりに守ろうとしたのだろう。

「では、もう一つ質問してもよろしいでしょうか？」

「ああ。かまわんよ」

「この国には——大公家には、本来あるはずの多額の財産が消えています。原因の一つは先に述べたとおりにピエール卿への献金。次に閣下の『隠し財産』。もう一つは鉱石の密輸出による損失です。閣下は密輸出が組織的に行われていることをご存じですか？」

「……知っている」

「それが、誰の主導かも？」

「ピエール卿だろう？」

次のオパールの質問には、エッカルトもあっさり答えた。

途端に、ミカエルがはっと息をのむ。

今まで妄信していたピエールの本当の顔が見えてきて、ミカエルは顔色をなくしていた。

「今までは、それくらいはどうでもいいと思っていた。いずれピエール卿がこの国を指導してくれるのだからと。だが、それも改めなければならないな。少々困難だろうが……」

「閣下に見逃すつもりがないのでしたら、きっとすぐにでも解決できると思います。ただ、今までの損失を回収となると難しいでしょうが……」

「それはできるだけ、私の資産から補填《ほてん》するよ。できればもうピエール卿とは縁を切ってしまったほうがよいだろうからな」

「……そうですね。それがよいかと思います」

オパールは答えながらも、ミカエルに視線を向けた。

ミカエルははっとして、それから大きく頷《うなず》く。

「私はもっともっと鉄道以外のことも学ぶつもりだ。できれば、エリーを従兄として……いや、家族として支えたいと思うからな」

「ありがとう、ミカエル。足を引っ張らないように、しっかり頑張ってね」

エリーの顔はかなり嬉《うれ》しそうなのに、その言葉はちょっと生意気で素直でない。

オパールが笑いを堪えていると、エリーはちらりとルボーを見てから、口を開いた。

「あの、最後まで黙っていようと思っていましたけど、もうこの際だから言わせてください。やっぱり、あの事業計画には資金が足りないんですか？」

申し訳なさそうに質問するエリーが可愛くて、オパールは思わず口を押さえた。

すると、ミカエルまで申し訳なさそうに言う。

「私がテラルト国で考えなしに寄付したから……」

これにはもうエッカルトも我慢できなかったようだ。

ぶほっと変な声を出し、それから激しく咳《せ》き込む。

どうやら笑いを堪えて失敗したらしい。

それまでいっさい口を開かず、置物のようになっていたルボーも俯《うつむ》き肩を揺らしている。

しかし、エリーとミカエルはあくまでも真剣で、オパールはもう黙っていられなかった。

「閣下、『隠し財産』について、私の推測を述べさせてもらってもよろしいですね？」

「ああ……」

エッカルトは頷くのが精いっぱいのようだ。

オパールはどうにか呼吸を整えると、『隠し財産』と聞いて、期待するエリーとミカエルを見た。

「閣下の『隠し財産』または『埋蔵金』の噂が流れ始めたのは、いつも宮から出ることのない閣下が銀行にだけは時々出向かれるからなの。そのときに、為替の預け入れだけでなく、多額の現金を引き出しているらしい、と噂になったのよ。果たして、その現金がどこに消えたのか、とね」

「現金を引き出しているのは極秘のはずだが……」

オパールの説明に、誰よりもエッカルトが驚いていた。

なぜ『隠し財産』の噂が流れ始めたのかわかっていなかったのだろう。

だが、すぐにオパールの言葉を思い出したのか、口を閉じる。

「大公宮に巨大な金庫があるのではないかと噂にもなっていたようだけれど、それはおそらくレイモンドあたりが否定したんじゃないかしら？　レイモンドもまた『隠し財産』を求めて、ミカエルに探らせていたようですから」

オパールが言いながらちらりとミカエルを見ると、気まずそうに頷く。

それでもミカエルは目を逸らすことはなかった。

きっとミカエルも今回のことで大きく成長するのだろう。

そう感じ、オパールは内心で安堵《あんど》していた。

「閣下が引き出した現金がそのまま行方知れずになるのは、護衛としてついている者たちが持ち出しているからですよね？　そして現金はルボーやマダムの手に渡り、約束手形に替わる。きっと幾ばくかの手数料を受け取って、約束手形もマダムやあなたが大切に保管しているのでしょう？　そしてあなたたちは、その現金を元手に商売をする。閣下から指示があれば、いつでも現金に換えて渡す約束でね。違うかしら？」

オパールに問いかけられても、ルボーは肩をすくめるだけで何も言わなかった。

代わりにエッカルトが答える。

「その通りだよ。ただし、手形の名義はすべてエリーになっているがね」

「そうなんですか？」

「言っただろう？　私はお前に即位などせず、幸せに暮らしてほしかった。だから、共和制に移行したときに、大公家の財産が没収された際、怪しまれない程度の資産を隠しておきたかったんだ。しかし、隠しきれず、お前を危険な目に遭わせてしまったのは申し訳なかったが……。すまなかった」

「い、いいえ！　謝罪は必要ありません！　叔父様なりに私のことを考えてくださった結果ですし、実際タイセイ王国に行かなかったら、オパールに出会わなければ、私は逃げ出していたと思います！」

今までずっと恐れていた相手に謝罪されれば、混乱するのは仕方ないだろう。

後見人としてのエッカルトの行動は正しかったとは言えないが、エリーを思ってのことなのは間違いないのだ。

今後ゆっくり話し合っていけば、きっと三人でこの国をよりよくしていけるだろう。

後の問題は、テラルト国——ピエール卿《きょう》だった。

上手く縁を切ることができるように、おそらくジュリアンが何かしら動いているはずだ。もちろんアレッサンドロも。

オパールはすっと息を吸ってから、ミカエルとエッカルト、そしてエリーに笑みを向けた。

「私は明日、この国を発ちますが、何かあればいつでもおっしゃってください。私には難しくても専門家の知り合いならたくさんおりますから。お金に関しては、ルボーがきっと解決してくれるはずです」

「相談料は高いですよ？」

オパールが紹介に代えて言えば、ルボーが商売人の笑みを浮かべて答えた。

それからは事業計画の資金繰り――というより、銀行の有用な利用方法などについての話題になったのだった。

27 出発

「いやあ、まいりましたよ。わざわざルメオン公国にまで呼び出されて、いったい何をさせるおつもりかと思えば、不器用な家族愛とやらを見せつけられるとは……」

オパールの部屋へと戻り、ソファに落ち着いたルボーはやれやれといった調子でぼやいた。

その演技には騙《だま》されず、オパールはにやりと笑う。

「あら、この国へは何度も来たことがあるのでしょう？　以前も山間の宿場町で会ったじゃない」

「……やはり、あれで気づかれましたか？」

「後でね。あなたが私と出会ったことを気まずく思っていることはわかったけれど……。でも、決定的になったのはリード鉱山からの密輸出先がわかったからよ？」

「おや、ついに知られてしまいましたか。その割には、タイセイ王国からの逮捕状は出ていないようですがね」

「見逃してもらえるってわかっていて、言っているでしょう？」

白々しいルボーの言葉に、オパールもわざと顔をしかめて返した。

エッカルトの『埋蔵金』については、レイモンドたちに告げた通り、エリーの言葉がヒントになったのだ。

エリーは埋蔵金と聞いて、昔に隠された金だと思ったようだった。

そして『海賊』と口にしたことで、オパールはリード鉱山の秘密の港から密輸出されていた金のことを思い出した。

エッカルトは現金でリード鉱山の金を買い、どこかに保管しているのではないかと。

ただし、エッカルト自身ではなく代理人がいるのではと考えたとき、宿屋で出会ったルボーが思い浮かんだ。

あのときはナージャの馬車酔いで急きょ宿屋を変更したのだが、そのためにルボーと鉢合わせたのだ。

ルボーの商売上、知られたくないことは多いのだろうと、わざわざ追及はしなかった。

その後に、クロードから不明だった密輸出の取引相手が判明したと知らされて、オパールは確信を持ったのだった。

マダムに関しては、ルボーとの繋《つな》がりがあること、またマダムの館にルメオン公国の高官が出入りしていると聞いたことがあったので、見当をつけただけである。

（エッカルト閣下は慎重な性格だから、預金もいくつかの銀行に分散させてあるものね……）

本来なら、他人の預金情報などわかるはずはないのだが、それくらいのことは自然と耳に入ってくる。

だが、エッカルトがピエール卿に――労務党に献金しているというのは、オパールの推測でしかなかった。

それを調べて裏付けをとってくれたのは、父親のホロウェイ伯爵だった。

それだけの力が伯爵にはあるのだ。

もちろん普段ならたとえ娘のオパールにでも、そんなことを漏らしたりはしないが、今のルメオン公国の状況と今後の世界経済の安定のために教えてくれたのだろう。

それも、オパールが遠回しに質問したことに、否定しなかっただけではあるが。

「――さて、ではそろそろお暇いたします。いつまでも私がここにいては、公爵夫人とのあらぬ仲を噂されかねませんからなあ」

「あら、それは大変だわ。最近ようやく私の奔放な噂も減ってきたのに」

ルボーとはノボリの街の再開発の話題で盛り上がったが、ある程度のところで切り上げた。

金貸しがあまり長居してはいけないと考えているようで、いつもルボーは早々に切り上げるのだ。

オパールは冗談を返しながら、引き止めることはせず、部屋の出口まで見送った。

今回、ルボーが立ち会っていたからこそ、エッカルトも諦《あきら》めてすべて正直に打ち明けてくれたのだろう。

ルボーほど信用のある金貸しは、時に何かの証人になることもある。

「ルボー、本当にありがとう」

「いえいえ、いつも公爵夫人には儲《もう》けさせてもらっておりますからな。今回もしっかり手数料は請求させてもらいますよ」

「知人割引は適用されるのかしら？」

「残念ですが、うちは割引をしておりませんのでご了承ください」

「本当に残念だわ」

オパールはくすくす笑いながらルボーを見送った。

ルボーもにんまり笑って去っていく。

「あれ？　ルボーさん、もう帰られたんですか？」

「そうなの。ナージャも呼べばよかったわね。ごめんなさい」

「いえいえ、大丈夫ですよ。きっとまたお会いできますから」

扉の開閉で気付いたのか、ナージャが顔を覗《のぞ》かせて驚く。

オパールは気が利かなかったと後悔したが、ナージャはにっこり笑って手を顔の前で振った。

その前向きな言葉に、オパールも元気づけられる。

明日はいよいよタイセイ王国への帰国の途につくのだ。

そのせいか、少し気もそぞろになっていたらしい。

クロードとリュドに会えるのは言葉にできないほど嬉《うれ》しいが、エリーたちとの別れが寂しいのも事実だった。

だが、ナージャの言う通り、また会えるのだ。

そう考えると、ひと月ぶりとなるクロードとリュドとの再会がただただ楽しみになり、オパールの気分は上昇した。


翌朝。

オパールの見送りにも、ジュリアンのときと変わらないくらい多くの人たちが出てきてくれていた。

その中で、エリーは人目も憚《はばか》らず涙を流した。

「エリー、また会えるわ」

「わかってる。でも、次に会うときの私はもう大公だから、泣いたりなんてしないの。だからこれ

が最後よ」

エリーの声は周囲にも聞こえたらしく、皆が笑顔になる。

この短期間で、エリーはすっかり皆の印象を変えたようだ。

傍にいるミカエルも笑っており、驚くことにエッカルトもかすかに微笑んでいた。

エッカルトの笑顔……というには少々物足りないが、それでも柔らかな表情を目にして、オパールは心から安堵していた。

まだまだ心配事はあり、解決しなければならないことは山積みである。

それでも、もうエリーは大丈夫だと思えた。

「それじゃあ、またすぐに会いに来るわ」

「ええ。即位式では特等席を用意しておくから。クロードの分もね」

「……ジュリアンは？」

「悪いけど……ジュリアンは呼ばないわ」

オパールがわざと皆に聞こえるようにジュリアンの名前を出せば、エリーもまたきっぱり答えた。

途端に皆が息をのむ。

これで、急用ができたと言って帰ったジュリアンの突然の帰国の理由を、皆が察しただろう。

しかも帰国前日には、ジュリアンは宝石箱を持ってエリーの部屋を訪ねたのだ。

結局ジュリアンとはどうなったのだろうと思っていた皆の疑問は、今の一言で解消されたのだった。

「わかったわ。残念だけど、席には限りがあるものね」

オパールは微笑んで答え、一歩後退して皆へと顔を向けた。

「皆様、このたびは大変お世話になりました。とても楽しい時間を過ごすことができ、夫にも素敵なお土産話として持ち帰ることができます。またすぐにお会いできますが、それまでどうぞお元気でお過ごしください。ありがとうございました」

最後に別れの挨拶をして、笑顔で馬車へと乗り込むと、皆が別れを惜しんで大きく手を振ってくれる。

それは馬車が走り出しても続き、オパールも最後まで手を振り返したのだった。


汽車を乗り継ぎ港へ到着したオパールは、最速でタイセイ王国に到着予定の直行便に乗り、一等船室に落ち着いた。

だがすぐに、ノックの音が部屋に響く。

ナージャは怪訝《けげん》な表情になり、従僕が応対するのを警戒して窺《うかが》った。

ところが、聞こえてきた声に目を丸くする。

「ジュリアン様！」

「やあ、ナージャ。久しぶりだね」

「……ジュリアン。久しぶりも何も、まだ数日しか経っていないわよ」

ずかずかと部屋に入ってきながらナージャに挨拶するジュリアンに、オパールは呆《あき》れて突っ込んだ。

しかし、ジュリアンが気にするわけもなく、オパールの向かいに腰を下ろす。

「今回はずいぶん早いけれど、ひょっとして逃げ帰ってきたの？」

「ピエールの泣き顔を見たから満足したんだよ」

「……本当に？」

一番の懸案事項であるピエール卿《きょう》に何が起こったのかと、オパールは疑わしく訊《き》いた。

泣き顔というのは大げさなのだろうが、きっとアレッサンドロが手を打ったのだ。

この短期間でいったい何ができたのだろうと考えて、すぐに気づいた。

「かなり前から何か仕掛けていたのね？」

「ピエールに限らず、テラルト国は周辺国の脅威だからな。よわよわソシーユが巻き込まれでもすれば、タイセイ王国も無傷じゃいられないだろ？」

「それで、何をしたの？」

オパールが問いかけても、ジュリアンはにやりと笑うだけで答えてくれない。

こういうときは、自分で考えろということなのだ。

「……今、テラルト国で一番勢いのあるのはピエール卿でしょう？　しかもルメオン公国を狙っていたのは確かだし、確実に潰《つぶ》しておきたいわよね」

「ずいぶん物騒だな」

「喩えよ。だから……対抗勢力を作るのが一番だけど、下手に資金援助して強力な党を作るわけにもいかない。ということは、同じ党内で対抗する人物……派閥を作るのが一番ね。上手くいけば自滅するし、お互いが牽制《けんせい》し合えば、労務党のこれ以上の巨大化を阻止できる。ただ、あまりできすぎる人物でも困るから……誰か適当な人をこっそり応援していたってところでどう？」

「……まあ、そんなところだな。これでしばらくはピエールも党内の派閥争いで忙しくなるだろうから、ルメオン公国にまで手を出せなくなる。その間に、エリーたちがどうにかするだろ」

オパールの予想はどうやら当たったらしい。

かなり手の込んだやり方だが、アレッサンドロならやり遂げてしまうのだから感嘆せずにはいられなかった。

もちろん、魔法のように杖《つえ》を振ってあっという間に叶《かな》えられるようなものではない。

先見の明と気の遠くなるような地道な根回しがあってこそだった。

「それでピエール卿はエリーのことをレイモンドたちに任せるしかなかったのね。あ、そうそう。植木鉢はやっぱりエッカルト閣下の仕業だったわ」

「だろうな。最後の破落戸に関しては、エッカルトの護衛だったからな」

「ええ……」

護衛が顔も隠さずジュリアンを襲ったというのなら、逆にエッカルトが心配になる。

だが、エッカルトも実は知られてしまいたかったのかもしれないと思った。

エッカルトは自分が無能だと思い込み、この十年の間ずっと失敗を恐れて過ごしてきたのだ。

（はじめは大公位を狙っているのかと考えていたのにね……）

エリー誘拐の黒幕かとも疑っていた。

それらがまったく違う結果だったことに、オパールは改めて思い込みの怖さを感じた。

「あ、そういえばジュリアンはエリーに振られたってことになったから、明日には大きく報じられるんじゃないかしら」

「どうでもいい」

「元々振られる予定だったものね。でも、クロードからの手紙に書いてあったけれど、誤解も生まれているらしいわよ？」

「誤解？」

「そう。どうやらジュリアンは十代の若い女性が好きらしいって。それで、ジュリアンが次はいつタイセイ王国に来るのかとか、ご婦人方に色々とクロードが質問攻めにあってるみたい」

エリーに振られたと騒がれるのは予定通りなので、ジュリアンは興味がないらしかった。

元々他人の評価は気にしないのだ。

しかし、若い娘よりも、その母親に突撃されるとなると話は変わってくるようだ。

ジュリアンは眉間《みけん》を揉《も》みながら呟《つぶや》く。

「次の港で下りる」

「あら、これは直行便なんだから、次の港がタイセイ王国よ。それよりも、この船にすでに若い娘さんを持つご婦人が何人か乗っているのを見たわ」

「嘘だろ……」

大げさに嘆くジュリアンがおかしくて、オパールは噴き出した。

結局、二日の間ジュリアンが部屋から出てくることはなく、他の乗客には見つからずに過ごすことができたようだった。

28　家族

あと少し。

タイセイ王国の陸地が見えてきたオパールは、すでに下船の準備をしてデッキで待っていた。

歩いたからといって船の速度は上がらないが、うろうろとしてしまう。

むしろ接岸のために徐々に船の速度は落ちていき、オパールは空が飛べたらと願うほどだった。

「落ち着けよ、オパール。お前が焦っても時間は変わらないぞ」

「わかっているわよ」

オパールの従僕のふりをしたジュリアンがため息交じりに言う。

それでもオパールは落ち着くことなく、手すりから身を乗り出して埠頭《ふとう》を眺めた。

すると、ボッツェリ公爵家の馬車が小さく見える。

「見えたわ！」

「嘘だろ？　まだこんなに遠い……」

オパールの言葉を疑って、埠頭を見たジュリアンは言葉を途切れさせた。

確かにボッツェリ公爵家の馬車が見える。

さらにもう一台の馬車も。

要するに二台の馬車が目立つように花で派手に飾り付けられているのだ。

その傍に立つ小さな小さな人影がクロードとわかる。

「……馬鹿なのか？」

「天才よ」

オパールが見つけやすいようにしてくれているのだから、天才でしかない。

そもそもオパールが遠くから探すこともわかってくれているのだ。

「すごいです！　素敵ですー！」

ナージャも飾り付けられた馬車を見て、興奮している。

どうやら他の乗客も見つけたようで、にわかにデッキが騒がしくなった。

「……着替えてくる」

ジュリアンは関係者だと思われるのが嫌になったらしく、自分の部屋へと戻っていった。

時間はかかるが、最後に下りるほうがいいと思ったのだろう。

やがて船は無事に接岸し、舷梯《げんてい》がかかると、オパールは今まで使ったことのなかった特権を行使して一番に下船した。

「クロード！」

「お帰り、オパール！」

乗降口で待っていてくれたクロードに、オパールは飛びついた。

いつもは恥ずかしがる人前での愛情表現も、今日ばかりは気にせずクロードから受ける。

頬に唇にキスされて、それでもオパールは笑顔だった。

結婚してから、クロードとこんなにも長く離れたことはなかったのだ。

わかってはいたのに、ひと月ぶりの再会に、オパールは涙をこぼした。

思っていた以上に寂しかったらしい。

だが、それはクロードも同様らしく、強く抱きしめながらもその声は震えていた。

「オパール、会いたかったよ」

「私もすごくすごく、会いたかったわ。それに……リュドにも早く会いたくて……」

「ああ、そうだろうね」

声を詰まらせるオパールにもう一度キスして、クロードは笑顔で馬車へと導く。

しかし、派手に飾られた馬車ではない。

「あれで走ったら目立ちすぎるからね」

クロードは悪戯っぽく笑って、さらにもう一台待機させていた地味な馬車の扉を開けた。

瞬間、オパールは目を丸くする。

「リュド！」

馬車の中には、アーシャに支えられたリュドが座って待っていたのだ。

「今回ばかりはリュドも連れてきてしまったよ」

久しぶりの息子との再会に感激するオパールに、クロードが優しく告げる。

オパールはリュドへそっと腕を伸ばした。

リュドはひと月ぶりの母との対面に、きゃっきゃっと声を出して喜び、座席を後ろ向きに下りる。

それからオパールの腕の中に飛び込んだ。

「リュド……」

もう二度と離れるものかと思うほどに、我が子が愛しい。

そして、オパールのためにリュドを連れてきてくれたクロードの優しさが嬉《うれ》しかった。

「ありがとう、クロード」

「どうってことないよ。愛する妻と息子のためだからな」

オパールとリュドの再会を目にして、アーシャとナージャも涙ぐんでいる。

胸いっぱいに愛する息子の匂いを吸い込んで、温かく柔らかい小さな体を抱きしめ、オパールは幸せに満たされた。

さらに愛するクロードがオパールをリュドごと抱きしめ、座席へと座らせる。

「列車を待たせているから、ひとまず駅に向かおう」

そう言ってクロードが合図すると、馬車は走り出した。

外観は地味だが、乗り心地はとてもいい。

それなのに、オパールは少しだけ気分が悪かった。

久しぶりのクロードとリュドとの再会で、張り詰めていた気持ちが緩んだのかもしれない。

また、船から馬車へと移動したことが原因かもしれないと、オパールは特に何も言わずにリュドの可愛らしいおしゃべりを聞いていた。

やがて駅に着いたオパールは、そこでようやくクロードの言葉の意味に気づいて微笑んだ。

ボッツェリ公爵家専用列車を待機させていたのだ。

今まで式典以外で使ったことはなかったのだが、今回ばかりは色々と特別に手配してくれたらしい。

そして列車にリュドを抱いて乗り込むと、すでに先客が座っていた。

「ジュリアン、ちょっとずうずうしすぎない？」

「ついでだろ？」

「どうして私たちよりも先に駅に着いているの？」

「お前たちの感動の再会が長すぎたんだよ。それに、リュドに気を遣って馬車もゆっくりだったろ？」

「まあ、そうだけど……。仕方ない伯父さんですねえ？」

オパールは神出鬼没なジュリアンのことはもう諦《あきら》めて、リュドに話しかけた。

すると、ジュリアンが手を伸ばす。

「リュド、伯父さんのところにおいで」

リュドはジュリアンへと小さな体ごと手を伸ばして、素直に抱っこされた。

人見知りをしないのはいいが、あまりに人懐っこいのも心配になる。

「リュド、愛想を振りまくのはいいことだけど、悪い人についていっては、ダメよ？」

そう言いながら、オパールはリュドの柔らかな頬をつついた。

リュドはご機嫌で喃語《なんご》を話している。

そこに機関士たちと打ち合わせて戻ってきたクロードが、オパールを見て眉《まゆ》を寄せた。

「オパール、顔色が悪いが大丈夫か？」

「え？　そう？」

自覚がなかったオパールは驚いて自分の頬に手を当てた。

先ほど気分が少し悪かったからかと考えつつも、クロードに微笑みかける。

「大丈夫よ、クロード。ありがとう」

「大丈夫でも無理はしないでくれ。寝台もあるから横になったほうがいい」

「本当に大丈夫よ」

「しかし……」

心配してくれるのはありがたいが、リュドともクロードとも離れたくなくて、オパールは大丈夫だと言い張った。

だが、列車が王都に到着したときには気分がかなり悪くなっており、どうにか馬車までは平気なふりをしていたものの、その後にオパールは気を失ってしまったらしい。

次に目を開けたときには、クロードが泣きそうな顔をして覗《のぞ》き込んでいた。

「……クロード?」

「オパール、気分はどうだ? もうすぐ医師が来るから、それまで耐えられる?」

「気分はもう悪くないわ。それより喉《のど》が渇いて……」

そう言うが早いか、すぐにナージャがグラスを差し出してくれた。

そのナージャの目は赤くなっている。

「ごめんなさい、心配をかけて」

「それはいいんだ。そんなことよりも、無理をしないでほしかったよ」

「ええ……。リュドは?」

「お風呂《ふろ》だよ」

「そう……」

いつものお風呂の時間であることに気づいて、オパールはほっとした。

皆に心配をかけてしまったが、リュドだけでも普通に過ごしてくれているようだ。

クロードに支えられてお水を飲んだオパールは、ぐっと気分がよくなった。

今なら普通に歩けるくらいだが、きっとクロードは許してくれないだろう。

疲れが溜《た》まっていたのが、クロードに会えて気が抜けたのだろうと考えて、オパールはやって来た医師の診察をおとなしく受けた。

それから驚くべきことを聞いて、唖然《あぜん》とする。

「オパール、どうだった？　大丈夫なのか⁉」

部屋に戻ってきたクロードは、オパールの様子を見て枕元に膝《ひざ》をつきその手を握った。

そこではっと我に返ったオパールは、クロードを見つめて照れくさそうに微笑んだ。

「私、まったく気づかなかったんだけど……」

「うん、それで？」

「妊娠しているみたい」

「……マジか」

オパールの告白に、クロードはぼそっと呟き、次いで満面の笑みを浮かべた。

そのまま握っていた手に口づけ、立ち上がるとそっと抱き寄せてキスをする。

「ありがとう、オパール。夢みたいだ。本当に体はどこも悪くないのか？」

「ええ。疲れが溜まっているのは確かだけれど、悪いわけじゃないわ。先ほどのも悪阻《つわり》のようなものね」

「でも無理はしないで、今日はもうこのままベッドにいてくれ」

「そうするわ」

クロードに心配をかけたくなくて、無理はやめておこうとオパールは素直に頷《うなず》いた。

オパールもクロードも妊娠を喜んでいるのは間違いないのだが、まだどこかふわふわしていて、二人とも実感がない。

ただぼんやりと、リュドのときも気分が悪い日が続くこともあったな、などと考えた。

しかも、ルメオン公国にいる間は体にまったく異変はなかったのだから、不思議である。

そうして一晩ぐっすり眠ったオパールは、ルーセル侯爵邸の使用人たちとの再会を喜んだ。

妊娠については、当分の間は限られた人以外には秘密にすることにしていた。

そして、何事もなく日々は過ぎていく……はずもなく、オパールとクロードはエリーの即位式に出席するしないで揉《も》めた。

まだ安定期ではないオパールの長旅を心配するクロードと、エリーの晴れの舞台を見逃すわけにはいかないオパールとで、意見が衝突したのだ。

「クロード、あなたも一緒に出席するんだからいいじゃない」

「だが、ルメオン公国はまだ完全に安全とも言えない。即位式なんて何が起こるかわからないんだぞ？」

「これ以上ないほど厳重警戒をしているはずよ。それなのに危険だから欠席します。なんて、失礼だわ。それなら今まで滞在して偉そうにしていたのは何だったんだ？　ってなるわよ」

といった言い争いを何度か繰り返し、結局誰もがわかってはいたが、クロードが折れた。

その後、エリーザ公女の即位式では仲睦《なかむつ》まじいボッツェリ公爵夫妻は皆の注目を集めた。

先に公爵夫人だけ滞在していたこともあり、公国の人々からクロードは興味と喜びをもって迎えられたのだ。

クロードは大公となったエリーと久しぶりに会えたことを喜び、またエッカルトとミカエルとは初対面の挨拶《あいさつ》を交わした。

「エリー、おめでとう。本当に立派になったわね」

「ありがとう、オパール。これもすべてオパールたちのおかげよ。この先何があっても、この数カ月のことを思えば乗り越えられるはずだもの。本当に大冒険だったわ。ありがとう、オパール。大好きよ」

「私も大好きよ、エリー。立場は違っても、ずっと友達でいてね？」

「もちろん当然よ。オパールは私の友達で、何より尊敬する人だもの。大好き」

「私も大好き」

抱き合ったまま何度も告白し合う二人を、クロードは苦笑しつつも温かく見守った。

こうしてルメオン公国新大公の即位式は盛大かつ和やかに終わり、これからの公国の明るい未来を予感させた。

それから数カ月後、オパールはクロードとナージャに見守られ、元気な女の子を無事に出産したのだった。

そして、その知らせを聞いたソシーユ王国のマクラウド公爵から、祝いの言葉とともに少し先に生まれた息子の将来の花嫁にと望む手紙が届いた。――が、クロードがうっかり破り捨ててしまったらしく、オパールは読むことができなかったのである。

それからも婚約を望む手紙は何度も何度も届き、いつしか世間でも知られるようになっていた。

結局、マクラウド公爵の希望が叶《かな》ったのかどうかは、またいつかわかる日が来るだろう。

オパールは生まれたばかりの娘を抱き、愛するクロードとリュドに囲まれ、大きな幸せに満たされて微笑んだのだった。

あとがき

皆様、こんにちは。もりです。

このたびは『屋根裏部屋の公爵夫人5』をお手に取ってくださり、ありがとうございます。

四巻に続いて五巻を刊行できるのも、応援してくださった皆様のおかげです。本当にありがとうございます！

四巻では新しい人物や国が登場しましたが、タイセイ王国内での問題をオパールがクロードと共に解決へと導きました。というか、帯にもありましたように、オパールが財力で解決したと言ってもいいのでは……。

それが五巻ではついに、オパールはタイセイ王国を出て、四巻で親しくなったエリーのために、ルメオン公国へと渡ります。残念ながら、クロードはお留守番です。息子のリュドリックを危険な目に遭うかもしれない公国へ連れていくわけにはいきませんからね。

私としては、ヒーローとして活躍の場がないのはどうなんだろう……と悩みましたが、担当様にあっさり「大丈夫です」と了承してもらえました。いいのかな？

その分、第二のヒーロー？　のジュリアンがかき回しつつも頑張ってくれます。

さらには、四巻では我が儘《まま》な子どもでしかなかった公女エリーがぐんっと成長しています。それもオパールの影響ですね。

そんなエリーとともに、オパールの活躍を楽しんでくださると嬉《うれ》しいです。

そしてそして！　林《はやし》マキ先生のコミカライズ版『屋根裏部屋の公爵夫人』の五巻も大好評発売中です！

コミックスでは、小説版の二巻に当たる第二章が始まっております。

最初のページからオパールはやっちゃってます。それも負けっぱなしでいられないオパールがクロードと幸せになるためなのです。

いつも美麗な作画にオリジナルエピソード満載で楽しませてくださる林マキ先生には、感謝の気持ちでいっぱいです。コミックス『屋根裏部屋の公爵夫人』も、ぜひよろしくお願いいたします。

また、四巻から引き続きイラストを担当してくださった甘塩《あまじお》コメコ先生、今巻も素敵なイラストをありがとうございました。

カバーイラストのオパールの可愛さとジュリアンのかっこよさに悶《もだ》えつつ、挿絵も含めて、ぜひぜひ皆様も甘塩先生のイラストをご堪能くださいませ。

実は今巻では、いつも以上に執筆に行き詰まってしまったのですが、途中途中で確認してくださった担当様の「すごくいいです！」のお言葉に励まされ、どうにか最後まで書き切ることができました。

担当様、編集部の皆様、この本の出版に携わってくださった全ての皆様にお礼を申し上げます。

何より、この本をご購入くださった皆様、本当にありがとうございました。

カドカワBOOKS

屋根裏部屋《やねうらべや》の公爵夫人《こうしやくふじん》 5

2024年1月10日　初版発行

著者／もり

発行者／山下直久

発行／株式会社KADOKAWA

〒102-8177
東京都千代田区富士見2-13-3
電話／0570-002-301（ナビダイヤル）

編集／カドカワBOOKS編集部

印刷所／大日本印刷

製本所／大日本印刷

●お問い合わせ
https://www.kadokawa.co.jp/（「お問い合わせ」へお進みください）
※内容によっては、お答えできない場合があります。
※サポートは日本国内のみとさせていただきます。
※Japanese text only

Printed in Japan
ISBN 978-4-04-075255-6 C0093